FKB
平山夢明監修

ふたり怪談
伍

黒木あるじ・黒史郎　著

竹書房文庫

目次

黒史郎

黒木あるじ

まえがき　～黒と黒を足すと何色になるか～

黒木あるじ

その日、私はひどく憂鬱であった。原因はほかでもない、本書である。「五冊目のふたり怪談を執筆してほしい」なる旨のメールが届いたのだ。

普通に考えるならば、赤貧洗うがごとしの三文怪談作家にとってはありがたいばかりの依頼なのだろう。しかし、私の気は晴れなかった。受けるか否か、ひどく悩んだ。それもこれも一昨年に刊行された前作『ふたり怪談　肆』のインパクトがあまりに強烈であったためだ。

前作を担当したのは平山夢明氏と福澤徹三氏。いずれも、怪談好きならば知らない者はいないという大御所である。ホラー界の金角銀角、怪談実話の風神雷神と称される二人がタッグを組んだのだから、これはもう敵うべくもない。「嗚呼、このあとに白羽の矢が立つ書き手は可哀想だな」などと、私は他人事のように笑っていたのだ。そこにきてまさかの抜擢である。ひどく狼狽したあげく、私は「相方にすべて委ねよう」と開き直った。

この「ふたり怪談」は、持ち味の異なる作者ふたりの饗宴が特色である。私ひとりでは如何ともしがたい前任者の高い壁も、タッグを組めば突破口が開けるかもしれない。当事者でさえ予想できぬ化学反応によって活路が見出せるかもしれない。そんな他力本願にもほどがある仮説を抱いて、私はおそるおそる執筆を承諾したわけだ。

となれば、肝心なのはパートナーである。逡巡のすえ、私は「黒史郎氏と組みたい」とお願いした。ＦＫＢシリーズの鏑矢となった狂気系怪談『黒丸ゴシック』をはじめ、怪談実話『笑う裂傷女』、そして『怪談五色』『響宴』など不可思議なテイストが持ち味の《黒怪談》は私も毎回楽しく読んでいる。しかしここ最近は競作集への参加に留まっており、まとまった数の《黒怪談》を読む機会は久しく訪れていない。ならば、ぜひこのピンチを利用して、私自身が愛好してやまない彼の怪談実話を存分に堪能しよう。そう考えたのだ。

加えて黒氏の書く怪談実話は、出身地である鶴見を中心とした都市部の話が多い。対して私は青森生まれの山形暮らし。どう頑張っても収集する怪談の舞台は東北が大半である。斯様に出自の大きく異なるふたりであれば、各々の怪談に対するスタンスが色濃く反映された、興味深い一冊になるかもしれない。そんな思惑もあったことを付け加えておく。

はたして読者諸兄には両者の違いがどのように映るだろうか。黒と黒とのコントラスト、何処までも闇に溶けてゆく怪異譚の数々を楽しんでいただけたならば、幸いである。

まえがき　～怖い企画ですよ～

黒史郎

地獄の真っ只中でこれを書いています。本書に収める原稿の〆切は通過。二日後、長編書き下ろしの〆切がございます。ですので乱文はどうかご容赦願います。

昨年末『ふたり怪談』をやりませんかとN女史からお電話をいただいた時、「とうとうこの日が来てしまったか」と天を仰ぎました。恐れていたんです。だって、この企画は実話怪談作家が二人っきりで仲良しこよしをするわけじゃないんですよ。これ、二人で殺しあえってことでしょ？　違うんですか？　僕は釘バットで殴りあえってことだと解釈してますよ？　こう見えて僕は争いは好まない平和主義者なんです。喧嘩は弱いし、精神はもっと弱い。最近はあらゆる粘膜も弱くなりました。なのに、この企画は僕らがセッセと拾い集めた怪談を武器にして、「今からちょっと殺しあいをしてもらいます」といってるんです。しかも、僕のお相手は実話怪談界の木村拓哉、黒木あるじ氏（ちなみに菅原文太が平山夢明氏で高倉健が福澤徹三氏です）。主食が墓前の供え物の人ですよ！　そんな怪談モンスターと闘うなんて、「ST〇P細胞ありました！」ぐらいの大ネタを探さなきゃならないじゃないですか！　慌てて専門学校の教え子たちに五百円の図書カードをばら撒いてネタを貰いましたよ……。

　ところで、これだけ怖い話を書いても黒木氏が祟り殺されたり憑依されたりしないのは、なぜだと思いますか？　殺したら怪談が困るからです。この人に拾ってもらって立派に育ててほしいのです。僕は取材をしていて、「あ、これ黒木さんに書いて欲しいな」と思う怪談と出会うことがあります。僕には味付けできない、デリケートな部分を持った怪談です。怪談にも触っちゃいけない敏感な部分があり、知らずに触れまくっている人を見ると少し怖いですが、黒木さんはそういった話の扱いが本当に巧い。

　そんなテクニシャンな方と同じリングに立てるのは、たいへん光栄なことです。

　そういえば黒木氏が某試写会で僕に間違えられたそうですが、あれですかね、名前も黒かぶりですし、書くもののジャンルも体型もほとんど同じなんで、皆さんこんがらがっちゃうんでしょうね。そろそろ、このへんで黒木あるじと黒史郎の区別をつけていただきましょう。

黒史郎

黒　史郎（くろ・しろう）
『夜は一緒に散歩しよ』で第一回『幽』怪談文学賞長編部門大賞を受賞、同タイトルで小説デビュー。実話怪談では単著『黒塗怪談 笑う裂傷女』、共著では「ＦＫＢ饗宴」シリーズ、「怪談五色」シリーズほか。小説では「未完少女ラヴクラフト」シリーズ、「幽霊詐欺師ミチヲ」シリーズ、『いちろ少年忌譚』、『怪談撲滅委員会』ほか。

浸食

谷さんは三年前、S県内にある賃貸マンションへ入居した。

その二週間後、トイレの天井部分が汚れていることに気付いた。

「ヤニみたいな茶色が地図みたいに広がっているんです」

どうして今まで気づかなかったんだろう。

首を傾げながらトイレ用洗剤をつけて擦(こす)ってみたが、まったく色が落ちない。薄まりもしない。汚れが付着しているのではなく、焼きついたようにプラスチックが変色しているようだった。

――ちゃんとリフォームしてるのかよ。

他に落ち度はないかとトイレのタンクの裏、下駄箱の中、キッチン台の収納の中など、手を抜かれそうな箇所をチェックした。が、他は特に問題はない。

――いや、やっぱりおかしいぞ。

入居前に部屋を見せてもらった時は、あんな染みを見なかった。あれば気がつくはずだ。特にトイレ・バスはじっくり確認したはずなのだ。

つまり、染みは入居してから現れたのだ。

仲介業者に連絡して伝えるべきか。しかし、いきなりクレームをつけるのも厄介な入居者だと心証を害しそうだ。そういう印象は今後、何かに響くかもしれない。

悩んだ末「生活に影響があるわけでもないので放置する」という考えに至った。


それから四日後、谷さんは体調を崩した。

体温が三十八度と三十九度の間を行き来し、食べ物や飲み物は摂取してもすぐに下痢や嘔吐で勝手に排出してしまう。

免疫が低下しているのか、身体の弱い部分から荒れていった。乾いた唇が腫れあがって弾けてしまい、どす黒い皮の隙間から赤い肉がまろび出る。目頭を無数の虫に刺されたような耐え難い痒みが襲う。

口の中の荒れは特にひどかった。内頬が白い網を張ったように爛れた。無理に何かを食べようとしても血の味しかせず、複雑な襞状になった内頬に食べ滓が引っかかってなかなかとれない。痛くてうがいもできなかったが、ひどい口臭に嫌気がさし、イソジンを口に流しこむという暴挙に出た。痛みで転げまわった。

地獄だった。

行く病院行く病院、違う診断名を告げられる。

処方された薬も効いているのかわからない。

精神的にも、かなり参っていた。どんどん心が病んでいくのがわかった。

「もう何もかもを終わらせたくなるんです。でも終わらせるものが見つからなくて、とりあえず二年続けたバイトを辞めました。電話一本で」

このままでは死ぬかもしれない。バイトも辞めてしまったから、今死んだら誰にも気づかれない。ここで人知れず腐れていくのだ。

そんなことを病床で考えていると、天井に黒い菱形のものがあることに気づいた。

——ゴキブリ?

そう見える。だが確信はない。

もしそうなら追い払いたいが、立ち上がって確認する体力も気力もない。

せめて動向を見張り、傍に来たり落ちてきたりしたら殺すなり外へ出すなりしよう。

そう決めて天井の黒いものをじっと見つめていると不思議なことが起こりだした。

「黒いものが少しずつ、水で溶かしたように薄くなって広がっていくんです」

薄くなると、それはトイレの天井の染みと同じ色をしている。

その染みは拳ほどになり、サッカーボールほどになり、最終的には谷さんが臥せっているリビングの天井が全体的にこんがりと炙ったような色になった。

これが原因なんじゃないか。きっとそうだ。体調を崩したのは、この染みのせいだ。

自分とともに病みつく天井を病床から見上げながら確信した。


午後になって急な歯痛を併発した。

ふらふらと起き上がり、処方された薬の袋から痛み止めを漁っていると、それの存在に気がついた。

いつから、そこにあったのか。

玄関マットの上に、人の首が転がっている。

日本人離れした顔立ちの、マネキンみたいな作り物っぽい顔。

そして、スキンヘッドである。

谷さんは威嚇するように大声をあげた。

すると瞬き（またたき）の狭間に首は消えてなくなり、すっと歯の痛みもなくなった。

その日を境に体調は、どんどんよくなっていった。食欲もではじめ、三日で外を歩けるほどにまで回復した。

気がつくとリビングの天井の染みは消えていた。

トイレの染みも日に日に薄くなり、やがて見えなくなった。

「あの首は上から落ちてきたんじゃないかと思うんです」

肌の色が天井の染みと同じ、ヤニの色だったからである。

その首が落ちてきたから治ったのか。大声で追い払ったことがよかったのか。もう染みは現れないのか。謎は尽きない。

「このまま住み続けたら死ぬかもって思いましたけど……まだ住んでますよ。だって、他に行きたくても、コレがね」

谷さんはそういって、指で円を作った。

女児橋

Y市にある国道付近の歩道橋には、時々女の子がしゃがんでいる。

勝子さんは少なくとも三度は会っている。


四年前の夏頃。

パート帰りに歩道橋を渡っていると、隅(すみ)の方に一人でしゃがんでいる小学生ほどの女の子がいる。

虫か動物でも見ているのかと覗きこむと、女の子は半開きにした口から赤い糸をだらだらと垂らしている。足下には血の混じった唾液が溜まっている。

「どうしたの？　転んだ？」

女の子は答えず、視線も合わせない。

ただ、だらだらと血の唾液を垂らしている。
「お医者さん行く？　あ、家の電話番号は分かる？　お母さんに電話してあげる」
すると、女の子がゆるゆると下を指さした。
歩道橋の階段の脇に、こちらを心配そうに見上げている長身の女性がいる。
なんだ、お母さんがいたの。
女の子の足下にポケットティッシュ置き、勝子さんはその場を後にした。

一昨年の、これも夏頃。
歩道橋を渡っていると、白い服を着た髪の長い女の子がしゃがんでいる。
前にも同じ光景を見たなと思いながら女の子の後ろを通る。
女の子は咳を我慢しているように背中を震わせている。
（大丈夫かしら）
立ち止まって上から覗きこむと、その気配に気づいて女の子が勝子さんを見上げた。
「やだ、どうしたの？」
口を隠すように当てている手が、血で汚れている。顔色も悪かった。

「怪我してるの？　大丈夫？　立てる？」

怪我の状態を見ようと隣に屈むと、女の子は首を横に振って歩道橋の下を指す。

階段の脇に長身の女性が立って自分たちを見上げている。

――あれ、これって。

既視感。

前にも同じことをしたような……いや、している。思い出した。

気味が悪くなり、「気をつけて」とだけ言い残して歩道橋を下りた。


同じ年の冬。

寒空の下、半袖の白シャツにチェック柄の短パン姿の、小学校低学年ほどの女の子が歩道橋の端に一人でしゃがみこんでいる。

傍を通ったが、声はかけなかった。

歩道橋下の階段脇には、当たり前のように長身の女性が佇んでいる。

首筋に薄ら寒さを感じ、足早に歩道橋を駆け下りた。

いずれも午前五時半頃の出来事である。
記憶が鮮明ではなく、女の子が同一人物であるのかはわからない。
ただ、長身の女性はおそらく同一人物であるという。
歩道橋の隅に座って血を吐く女の子。それを見上げる長身の女性。
「もっとずっと前にも、同じような光景を見ている気がするんです」
よい記憶に繋(つな)がりそうもないので、思い出さないようにしているそうだ。

マスカット

マスカットは見るも無残なほどボロボロな猫だった。

雄一郎さんは今も、その姿を思い出すと鳥肌が立つという。

「皮膚病だったようです。毛が束でごっそり抜け落ちて、ピンク色の汁をあちこちにつけるんです。片目が白く濁っていて顔も怖かった。うちの妻がそれはもう嫌がってました」

その猫に小三の娘さんが憑りつかれたという。

以下に記すのは、事態の収束後に娘さんから聞けた話と雄一郎さんの回顧を一つに構成してまとめたものである。

学校へ行く道の途中、若葉ちゃんは必ずといっていいほど、この猫を見たそうだ。

いつも座り込んでいて元気がない。近づいても目を閉じたまま、ぴくりとも動かない。

いろいろな場所で見かけるから動けないわけではないのだろうけど、歩いている姿を一度も見たことがない。

なにがそう彷彿(ほうふつ)させたわけでもないが、若葉ちゃんはふいに降りてきた「マスカット」という名前をその猫に与え、ナイショで可愛がっていた。

ナイショにする理由は、友達がマスカットを嫌がっていたからだ。

友達だけではなかった。大人たちはみんなマスカットのことを嫌っていた。

近所には猫好きが多く、野良に餌をあげている人も多い。けれどもマスカットにだけは誰も餌をあげなかった。これがフコーヘイなんだと思った。

見かねた若葉ちゃんは自宅へ帰ると、マスカットにちくわを持っていってもいいかと母親に訊ねた。

「あら、若葉は優しいね」

優しく笑みながら頭を撫でてくれるが、その笑みは途端に曇る。

「でもね、マスカットには近づいちゃダメ。触るのはもっとダメ。元気がないの？　なら、そっとしておいてあげて。元気がないのに触られたらマスカットは嫌がるよ」

結局、ちくわはくれない。

翌朝、母親の望みが叶っていた。

マスカットは自販機の前で死んでいた。

使った後の雑巾のように、哀れで薄汚れた姿だった。ピンク色のとろとろの皮膚が地面のあちこちにこびりついていた。

学校が終わってから見に行くと、マスカットはすでに片付けられていた。

家に帰ると母親の「おかえり」を無視して部屋に閉じこもった。

学習ノートをちぎって、母親宛に手紙を書いた。

マスカットが死んだのは、ちくわをあげられなかったからだ。可哀想に。お腹が空いて死んだのだ。お母さんがマスカットを殺したのだ。

マスカットではなく、お母さんが死ねばよかった。だから書いた。

《ママしんでね。きらいだから。マスカットみたいにごはんもたべないでしんでね。》

渡された手紙を読んだ母親は、顔を蒼褪(あおざ)めさせ、泣きじゃくった。


帰宅した雄一郎さんは妻から事情を聞き、若葉ちゃんを外へ連れ出した。

日は暮れかけていた。

若葉ちゃんは黙ってついて来たが、子供らしい表情ではなくなっている。怒りに顔を歪ませ、鼻をひくひくとさせ、目は充血して赤くなっていた。

「マスカットが死んじゃったって？　じゃあ、お墓詣りしようか」

「お墓は知らない」

「じゃあ、どこで死んでた？」

若葉ちゃんは立ち止まった。その視線の先には自販機がある。

あそこ、と指さした。

雄一郎さんは「やっぱりそうか」と溜め息を吐いた。

そこは今朝、ホームレスの婆さんが亡くなっていた場所だった。


「本当はマスカットはもう、ずっと前に死んでいるんです」

詳細は知らないそうだが、近所の悪ガキに遊び殺されたらしい。

それでも「マスカットがね、マスカットがね」と若葉ちゃんが話すので気味が悪いと思っていたところへ、「お宅の娘さんが最近ホームレスのお婆さんと一緒にいる」という報告を近所の人から受けた。

「若葉には、あの婆さんが皮膚病の猫に見えていたようなんです」

また若葉ちゃんの前にマスカットが現れるんじゃないか。

そう考えると不安で仕方がないという。

文子

台湾在住の林(リン)さんから拝聴した話である。

日本に留学していた頃、とても世話になった教授がいた。まだ言葉のおぼつかない自分に日本語の基礎や礼儀作法などを丁寧に教え、翻訳の仕事も紹介してくれた。その仕事の繋がりで帰国後、夢だった出版社への就職も決まった。

「教授と出会わなければ私はくすぶったまま国へ帰るところでした。本当の心の恩師でした」

そんな教授に改めて感謝の言葉を伝えたくて、四年前に訪日したという。

空港で迎えてくれた教授と三年ぶりの再会を果たし、涙の抱擁(ほうよう)をした。

「やあ、立派になったね。今日はホテルをとってないだろうね」

「はい、しばらくお世話になります。報告したいことがたくさんありますよ」

そうかそうかと教授は嬉しそうに笑っていた。

教授宅へ向かう車中、林さんは帰国後にあったことを話した。

初めて本を作った時のこと。大好きな作家と会えたこと。結婚したこと。

話しながら、林さんは気になっていた。

「痩せていたんです、教授。以前に会った時は顔がもっとふっくらとして、お腹も出ていたのに」

信楽焼きの狸(たぬき)に似ていることから学生たちに「しがらき」というニックネームをつけられていたほど、ふくよかな体型だった。

しかし、目の前の教授は、まるでマッチ棒のような体型をしている。

頬(ほお)がこけ、腕は骨が浮き出して筋張り、顔は皺(しわ)だらけ。

急に老化したような風貌に、空港で声をかけられるまで教授だとわからなかった。

まだ五十代前半。ありえない変貌であった。

心配になって大病でも患っていたのかと訊ねると、以前が不健康で今が健康なんだよと笑って答えた。

教授宅は都心から二十キロほど離れた、静かな川沿いにあった。

戦前からある古民家で、そこに一人で暮らしているという。

「古い建物が好きだったろ。案内しよう」

建物は補修・増築をされており、古さはまったく感じなかった。それどころか、大きな暖炉や洋風な調度品、動物の敷き革、高級そうなソファもあり、古民家風のデザイナーハウスのようだ。

そんな洒落（しゃれ）た家の中に、古めかしい色合いが趣のある板張りの広い部屋があった。

「その一室だけ他と違って、リフォームはされていないようでした。おそらく戦前からそのままで、何十年もの長い歴史が柱や天井の木に染み付いて黒光りしているように感じました」

今夜はこの部屋で寝なさい、と教授はいった。

林さんは天井に走る赤い筋が気になり、教授に訊ねた。

「あれは、なんでしょう」

「……ああ。あやこって書いてあるんだ」

「あやこ。あれは文字なんですね」

《文子》と天井に書かれている。

亡くなった妻の名前なんだと教授は語った。

この古色蒼然（こしょくそうぜん）としたとした部屋は妻のお気に入りで、夫婦の寝室であった。

亡くなった後も一人で使っていたが、一年経ってもまだ実感がなく、眠りから覚めると妻がいないことを忘れて大声で名前を呼んでしまう。呼んでからすぐに気づくが、その後は部屋に立ち込める寂寥感に辛くなる。だから、もう妻はこの世にはいないのだと思い出せるよう、起きてすぐ目に入る場所に名前を書いたのだという。

「それを聞いて私は泣いてしまいました」


その晩、ぶぅうん、という振動音で目覚めた。

手探りで枕元のスマホを摑んで確認するが、メールも着信はない。

と、視線を上へと移した。

天井に闇が溜まっている。そのあたりから、ぶぅうん、と聞こえた。

スマホを掲げ、天井を照らした。青白く照らされた中に《文子》の文字が見える。

——なんだろう。昼間見た時よりも大きく見える。

じっと見ていると、文字はじわじわと大きくなっている。

天井が近づいている——いや、《文子》だけがゆっくりと降りてくる。

ぶぅぅぅぅぅぅぅ
唸り声が聞こえる。

寒気を呼ぶ低い声は、自分を目覚めさせた振動音だった。

その唸り声とともに《文子》が林さんに迫ってくる。

身体が固まったように動かない。声も出ない。

スマホの画面が暗くなった。その瞬間、金縛りが解けた。

林さんは布団をかぶり、中で小さくなって、そのまま朝まで震えていた。

翌日、学生時代の友人に電話をかけ、何日か泊めて欲しいと頼みこんだ。

もう、あの部屋で寝泊まりなどできなかった。

「あの夜の体験に、教授の語ってくれた話との矛盾を感じたのです。あの部屋は本当に、奥さんとの素晴らしい思い出の部屋だったのかって」

昨晩のことは教授に話さなかった。急に友達と会う予定ができたと理由を付け、早々に辞する旨を伝えた。

そんな林さんの様子から察したのか、林さんを送る車中、教授は告白した。

「本当は天井に妻の名前など書いてはいない」

ある日、天井に浮き出てきたものだという。

「あの《文子》が本当に教授の奥さんの名前だったのかも、私は疑っています」

教授とはもう何年も会っていないそうだ。

兆髪

三十年前の話である。

河村さんは小さい頃、就寝時の定位置は決まって両親の間だった。

寝床の隅はお化けに狙われやすい危険な場所。でも親に挟まれていれば守ってもらえる。

そう信じていたのだ。

また、自分より先に親が寝ることを許さなかった。

一人だけ夜に取り残されることが怖い。だから、自分が眠りにつくまで見守ってもらいたかった。

そんな夜に臆病な、どこにでもいる子供だった。

ある晩、河村さんは眠れなかった。

テレビのロードショーで観た殺人鬼の映画がいけなかった。

瞼(まぶた)を閉じると怖かったシーンが再現される。

血飛沫が飛び、切断された首が飛び、犠牲者の悲鳴までが再現される。

こんな日に限って、自分が眠る前に両親がいびきをかきだした。

さらに悪いことに、二人とも自分に背中を向けてしまっている。

揺すっても叩いても呼びかけても、まったく目を覚ます様子がない。

どうしようもなく、暗い天井を見つめる。

映画で見た殺人鬼が、闇の中で輪郭を得て虚空に再現される。

こうして顔を晒(さら)しているのも怖くなり、布団の中に潜り込んだ。暑い、息苦しい。ぶはっと顔を出す。でも再び闇に無防備になるのが怖くて潜り込む。苦しくなって出る。それをしばらく繰り返していた。

ふと背中を向けている母の頭に目が留まった。

あれ、白い。

母の髪の毛が白い。

あれ、あれれ。何度も目を擦った。

母の髪は黒かったはずだ。それが、ちょっと目を離した隙にお婆さんのような白髪頭になってしまった。

前に髪が白くなるのは歳をとるからだと母から教わった。

お祖母(ばあ)ちゃんは歳をとったから死んでしまったのだと聞いた。

お母さんはお婆さんになってしまったか。こんなに早く歳をとるものなのか。もう死んでしまうのか。そんな不安にさめざめと泣いていると。

母から聞こえていたいびきが、トラックが走っているような轟音(ごうおん)に変わった。

違う。違うぞ。

これはお母さんじゃない。

殺人鬼の像はどこかへ消えてしまった。今は目の前でゴオゴオと唸る白髪頭の背中が怖い。いつ、こちらへ向くかわからない。

助けを求めようと父の背中に縋(すが)った。

その背中は、氷のように冷たかった。

翌朝、母に起こされた。

母は顔をぐしゃぐしゃにさせて泣いていた。

「お父さんが死んでしまったよ」

その言葉の意味をすぐには理解できなかった。

父は河村さんに背中を向けたまま、隣で冷たくなっていた。

河村さんもわんわんと泣いた。

あいつのせいだ。母に化けていた、あの白髪頭のせいだ。あれがお父さんを死なせたんだ。

昨晩の出来事を話しても、母親は「わからない、わからない」と泣きじゃくるだけだった。

河村さんは泣きながら、もう自分は間に入れない、守ってもらえないいんだと思った。

それから少しずつ、夜に強くなっていった。

母親は少しずつ歳を重ね、あの晩に見た白髪頭になっていった。

不謹慎な形態模写

都会の隙間では、私たちには想像のつかないような異常な催しが行われている。

これは元女優の春海さんからお聞きした、信じられないような話である。


春海さんは六年前に女優業を引退し、いわゆる「普通の女の子」に戻った。

その記念として、ほぼ全身に赤い蛇(へび)のタトゥーを入れた。

「ありがたいことに引退後もちょっとしたイベントに呼ばれることが結構あって、こりゃ自慢のタトゥーを御披露目できるわって喜んでたら、かなり際どいところまで入っているからって会場側から断られちゃった。もう日本は真面目すぎてつまらないよ!」

そんな彼女の叫びを耳にした知人男性が「丁度いいのがあるよ」と、近々催されるイベントのことを教えてくれた。

《羞恥心を全力投球で投げ捨てられる》イベントであるという。

そこでは人前で奇声をあげようが全裸になろうが排泄しようが手首を切ろうが、死人さえ出さなければ何をしても容認される。

すなわち、究極の変態たちによる変態たちのイベントが催されるのというのである。

教えてくれた彼は自称《変態映像屋》。自分のその手の人脈を使えばチケットを入手できるけどどうする、と春海さんを誘ってきた。

「かなり法的にまずそうな気がするでしょ。でも毎年二度も催されていて、海外からも変態の猛者(もさ)どもがいっぱい集まってくる、その筋では有名なイベントなの」

春海さんは二つ返事で誘いに乗ったそうだ。


イベント当日。

春海さんは緊張しながらも、やっとタトゥーを御披露目できると嬉々(きき)として無色透明ナイロンの下着姿で会場へ入った。

ところがそこには、自慢のタトゥーも色褪せるほどの光景が広がっていた。

宇宙船の中のようなビカビカの会場は、カラフルなレーザー光線が飛び交い、トランス系の音楽が大ボリュームで流れている。

飲み物を片手に徘徊しているのは、いずれも異形の者たち。

太い鎖で雁字搦め（がんじがら）になった、ヘラクレスのような外国人男性。寝釈迦（ねしゃか）になるとエレクトリカルパレードになるタトゥーを全身に入れた日本人女性。内臓のようなものが詰まった透明ボトルをカートで運んでいる下着姿の白人老夫婦。

そんな百鬼夜行の中に、メアリー・ジェーン・ケリーが転がっている。

【メアリー・ジェーン・ケリー】

ロンドンでもっとも知られる未解決連続猟奇殺人事件の犯人、切り裂きジャック。その犠牲者の一人とされている女性の名である。

彼女の無残な遺体はネットで検索すれば、いくらでも画像が出てくる——と春海さんに教えてくれたのは、一緒に来た変態映像屋だった。

目の前に横たわっているのは、そんな彼女の画像をプリントした生地を切り抜き、上手に身体に貼り合わせている外国人女性だった。

「本物の写真はもっと原型がないくらいぐちゃぐちゃなんだよね。映像屋もぜんぜん違うよって笑ってたけど、それでもその死体写真だってわかったんだから、本当に有名な死体なんだねって話してた」

死体の形態模写ゆえ、ピクリとも動かない。そのまま二、三十分転がったままで、急にムクリと起き上がってスタスタと奥へ引っこむ。すると十分ほどで新たな遺体プリントを纏って会場に現れ、おもむろに横たわる。また二、三十分間動かず、ムクリと起き上がってスタスタと奥へ消え、新たな遺体となって現れる——それを繰り返していた。

遺体のバリエーションは多い。銃で頭部を大きく損壊させた男性遺体。外傷は見当たらないが顔中にゾウリムシのような形の痣がある若い女性の遺体。海苔を塗りたくったような（おそらく）焼死体。赤い糸こんにゃくに眼球を嵌めこんだような顔の膨張死体。いずれも有名な死体なのだろうが、最初のメアリー以外は映像屋も知らないような遺体ばかりだった。

この不謹慎極まりない形態模写を春海さんは大いに気に入り、勇気を振り絞って彼女に話しかけた。

フロリダ出身で、シューズ（本名ではなくスラング）と名乗った。

英語ができる映像屋に訳してもらいながら、「よかったら今度、日本に来た時、イベントに参加してもらえないか」と持ちかけた。

シューズは「喜んで」とOKを出し、映像屋に連絡先のアドレスを教えた。

数ヶ月後、映像屋から連絡があった。

シューズから「日本に行けなくなった」という内容のメールが着たという。

「顔が引き攣っちゃったって」

彼女はメールで、その理由を次のように語っていた。

事故で叔母が亡くなり、その死に顔を撮って、地元のイベントで例の形態模写を披露したらしい。

すると、そのイベント中に突然、顔に痛みが走り、引き攣りだした。

今も、ひと前には晒せない状態であるという。

「アメリカにもバチってあるんだね」

以来、イベントでシューズの姿を見かけないそうだ。

金庫

御徒町は日本で一番、宝石関連会社が多い街である。

葉崎氏は二十四年間、この街でジュエリー加工の会社を営んでいる。

社員を含め五人の少数精鋭。仕事の内容はゴールドやプラチナの小片を発注のあったデザインにリング加工し、そこに石を嵌(は)めること。

「その逆もあるよ。売れずに戻ってきたリングは再加工するんだよ。おお、お前か、そうか、売れなかったかって、自分の娘が出戻ってきたみたいな気持ちにさせられるよ」

作業場兼事務所には冷蔵庫並みに大きな金庫が鎮座している。

その中には装飾品に加工される前の宝石が数十種類も保管されている。

「金庫は俺の机の後ろにあるんだけどね、そいつが急におかしくなりだした」

熱を放ちはじめたのだという。

初めは自分に熱があるんだと思った。しかし、そうではない。

金庫に触れると、ひと肌ほどに温かくなっている。

当然、そんな機能はついていない。むしろ耐火・耐熱金庫である。

時には室内が蒸すほどの熱気が放たれることもあった。

石には熱に弱いものもあるので大丈夫かと確認するが、内部(なか)の宝石はまったく熱されていないという不思議。

この奇妙な現象に対し社長は、さもありなんと思っていたそうだ。

「石は人の欲と欲の狭間を行き来してるもんだからね。日本じゃあまりピンと来ないだろうけど、国によっちゃ石は神秘の塊(かたまり)なんだよ。石を巡って、よく人も死ぬ」

私も宝石関連の仕事に就いていたことがあるが、金を巡るトラブルで会社の関係者が二人、空港で射殺されたことがあった。海外では石に関わる企業にマフィアは当然のように関わっていると聞く。だから葉崎氏の弁には大きく頷いてしまった。

葉巻のような指を締め付けている大粒サファイアの指輪を見せながら、葉崎氏は脅すような視線を私に突き刺した。

「こうして指輪になってからだけじゃないよ。石を掘り出すところから人間同士のドロドロは始まってる。殺してでも欲しいものは金（かね）と宝石だよ。だから、いろんな黒いもんを宿してるんだな」


怪異はこれだけにとどまらず、より危険なものへとなっていったという。

「金庫の中から三味線みたいな音が聞こえるって社員たちがいいだしてね」

最初は若い男性社員だった。

会社に一人残って作業をしていると、金庫の中からシャランシャランと聞こえてくる。

一度目は気にしなかったが、二度目は少し気味が悪くなって翌日、社長に相談した。

そんな話を聞かされた数日後、その社員のアパートが不審火で全焼した。

幸い死傷者は出なかったが、彼は命の次に大切にしていたスターウォーズグッズとスニーカーのコレクションをすべて失ってしまった。

音色を三度も聞いたという女子社員は、その後、同棲相手が勤務中に重大な大火傷（たけど）を負って入院した。それからほどなく彼女自身も小火（ぼや）を出したが、それは大事にならず、絨毯を焦がす程度で済んだ。

「俺もあるよ。まぁ、楽器の音は聴いてないんだけど、朝、会社に来たらブレーカーが落ちてたことがあってさ。たった今まで暖房をガンガンに焚いてたみたいに、もんわりと熱気が籠ってるの。加工機械のコードも溶けちゃってるのが何本もあって、その日は仕事になんない。前の日は俺が最後に鍵閉めて出たから、社員の不始末ってわけでもない。まったくの原因不明」

そして、ついに死人が出てしまう。

商品を店舗へ卸（おろ）していた男性が、自宅のガレージで焼死した。

「自殺だってよ。俺は付き合いが長いし、ヤツとは何度も飲みに行っているから知ってるんだ。野心的で明るい将来を見据えた、この業界じゃ珍しくまっとうな商売人だったよ。少なくとも、自ら死を選ぶようなヤツじゃあなかった」

すべてが三ヶ月以内に起きていた。

異常だと感じた氏は、この難題の解決をその手の専門家に頼むことにした。

会社を臨時休業し、知人に紹介してもらった凄腕の霊能者を会社に呼んだ。

「若い女がいます」

事務所へ入るなり、霊能者は険しい表情でそう言い放った。

「あの、女って誰ですか。心当たりがないんですけど」

「社長の知っている人ではありませんよ」

火で焼かれ、皮膚がベトベトになったアジア系の女が金庫の中にいるという。

その女が「火を呼んでいる」と。

「会社に憑いてるのか俺に憑いてるのか教えてくれって訊いたんだよ。そうしたら石に憑いてるって。このままだといずれ女が金庫から出てくるって脅すんだよ」

その石がどれなのか、特定はできなかった。すると、金庫に入っている宝石をすべて指輪かネックレスにし、市場へ流してしまいなさいと助言をもらった。

ようは厄を他の人間に渡してしまえというのだ。


「いわれた通りにしたよ。おかげで変なこともなくなったけど」

安心はできないという。

御徒町（こここ）は石が往来する町である。

いつ、その女を宿した石が巡り巡って戻ってくるかもわからない。

太りたい

「デブって一日に四、五食喰ったりするもんなんですか、そうしなきゃデブれないもんなんですか」

目の前の私にそんな不届きな質問をしてくる旗山という者がいる。

体型のことなど一度も気にしたことはないであろうスリム&イケメンである。とりあえず私は頬をひくつかせながら「そうだよ、五、六食は喰うよ、カレーは飲むよ」と答えておいた。

彼は最近、太りたいと思っているそうだ。

きっかけは腰痛だという。

ある朝突然、腰に落雷のような激痛が走った。

その痛みに伴って右の内太腿が強く痺れ、どちらも何時間経っても治らない。それから度々、腰と太腿に痛みと痺れが起こるようになり、日によっては歩くのも難儀になるという。

「親や友人に相談するとヘルニアとか坐骨神経痛って病名が返ってくるんです」

おい、ちょっと待てよと私は止めた。

さっきから聞いていれば、どういうことだ。腰を痛めたのに太りたい？　意味がわからんぞ。ふざけてるのか。

厳しく追及する私をなだめすかし、「まあ最後まで聞いてくださいよ」と続ける。

「腰の痛みが立派な病気なんだってわかって、病院へ行くべきか整骨院へ行くべきか悩んでいたんですよ。仕事中も立ってられないし。そんな時、勤め先の工場の社長から、いい場所があるから行ってこいって地図を渡されたんです」

社長が通っているクリニックの地図だった。

道に迷いながらなんとか京急線沿いにあるクリニックへ着くと五十がらみの女性が出てきた。

「あの紹介されて来たんですけど」と社長の名刺を見せると、何も言わずに背中を押され、マッサージ台に寝かされ、治療が始まった。

三十分ほど会話がないまま腕を伸ばされたり首を回されたりし、いよいよ沈黙に耐えられなくなった旗山は恐る恐る話しかけた。

「急に腰が痛くなったんですけど、原因はなんですかね」

「子供」

「――え？」と訊き返すと面倒くさそうに告げてきた。

「子供がいるから痛いんだよ」

腰痛の原因は腰に抱きついている子供だという。

その重みで急に足腰が痛くなったのだと。

「だから、治療をしても痛みが取れるのは一時的。またすぐに痛くなるよ」

痛くなったらまた来なさい。そういって名刺を渡してきた。名前はケイコだった。

「後で社長に訊いたら、視える人らしいんです。話していないこともちょくちょく言い当てたりするんだって。でも、さすがに幽霊はないだろうって笑ってたんですが」

一週間後に会社の花見があり、そこで撮れた画像に奇妙なものが写った。

どの写真も旗山の下半身にだけ、オレンジ色の帯が斜めに入っていた。細い腕に見えた。また、偶然にそう撮れたのか、旗山の表情はすべて痛がるように歪んでいたという。

「そんなものが撮れて気味が悪いったらないし、痛みが治まる気配もまったくないんで、またケイコさんのクリニックへ行ったんです」

花見の写真を見せたが、それほど興味を持ってもらえず、また沈黙のマッサージが始まった。話かけられない雰囲気が彼女にはあった。

やはり三十分ほどで沈黙に耐えきれず、気になっていることを訊いた。

「子供ひとりが、こんなに重いもんですか？」

「なにいってんの」
七、八人いるよ。
「は？　僕の腰にですか？」

そうだと頷（うなず）く。意味がわからなかった。

——旗山は過去に当時付き合っていた彼女に子供を堕ろさせている。だから、子供がいるといわれた時、もしかしてとは思っていたのだという。

しかし、七、八人はない。

水子地蔵を片っ端から蹴倒したり、元産婦人科の廃墟を巡ったりしたわけでもない。そんなにたくさんの子供の霊に憑かれる心当たりなどないですよと身の潔白を訴えた。

するとケイコさんは意外な真相を彼に告げた。

「あなたの身体、細すぎて子供が腕を絡めやすいのよ」

もう少し太りなさい。帰り際にそういわれたという。

「腰周りのサイズがちょうどいいみたいなんです。連れていってもらおうって、しがみついてきちゃうみたいで。だから、ちょっと本気で太りたいんですよねぇ」

面白い話を聞かせてもらった謝礼として、私はひとつアドバイスをした。

夜食はラーメンがいいよ、と。

沈黙の龍

「絵に描いたような江戸っ子でした」

大島さんの祖父は破天荒で口が悪く、いつも誰かと喧嘩をしているイメージがあったという。

好きなものは祭と朝風呂とするめ。

祭になると誰よりも目立ちたがり、上着を脱いで裸になる。

その背中にある昇竜(のぼりりゅう)の刺青は祖父の唯一の自慢だった。

「このカッコで神輿(みこし)を担ぐと背中の龍が昇るんだ」

それが口癖だった。


そんな元気だった祖父が、ある日、二度と起きてこなくなった。

「今にもムクリと起きて枕元の死神に啖呵でも切りそうな、活き活きとした死に顔をしてました」

葬儀にはたくさんの人が集まった。聞いたことのなかった祖父のヤンチャ話を、いろんな人たちがしてくれた。亡くなって悲しむ人より、祖父の武勇伝を笑い混じりに話してくれる人の方が多かった。

「葬式まで騒がしい祖父でした」

四十九日が過ぎて落ち着くと、家がやけに静かに感じた。

初めて「ああ、もう祖父はいないんだ」と実感する。

部屋でひとり遺品を整理していると、涙で曇る視界の端に見慣れた背中がある。

「……お祖父(じい)ちゃん？」

怖くはなかった。

お祖父ちゃんのことだから、自分が死んだことに気がついていないんだ。

背中には自慢の昇竜がない。

祖父は堅気になったのだな。そう思った。

破られた沈黙

大島さんは朝風呂に入るようになった。
また祖父が来てくれるのではないか。そう思ったからだ。
へちまで身体を擦っていると背中を冷たい空気が撫でた。
あ、来た。
湯気の中に背中が見え隠れしている。
自慢の昇竜の居ない背中が。
「お祖父ちゃん、背中でも洗おうか」
背中は笑った。
大島さんは風呂を飛び出した。
女の笑い声だった。

「若い頃は何人も泣かせたっていうから、そのうちの一人かもね」

母親は呑気な口ぶりでいった。

祖父はもう、うちにはいないんです。

どうにか、彼女にそう伝えられないかと大島さんは考えている。

クリスマス

詳細は失念してしまったが、外国の研究者で《サンタの家一軒の滞在時間》を計算した者がいるそうだ。

子供が就寝から起床するまでを夜十二時から朝七時までの七時間とし、配布地域の世帯数×子供の人数から算出するというものだったと記憶している。

サンタ一人で世界中の子供たちにプレゼントを配るというのなら、一軒に一秒もかけられない計算だ。煙突から忍び込んで靴下にプレゼントを入れるなど不可能である。

小学生の頃の話であるという。

この日、久司さんは興奮で眠れなかった。

クリスマス前夜。明日になれば枕元にはプレゼントが置かれている。

雪もちらほら降りはじめていた。積もれば朝から雪遊びもできる。わくわくして寝るどころではなかった。

ひとつ上の兄も同じようで、二人してベッドの上で漫画を読みながら眠気が来るのを待っていた。

机の上にはサンタへの手紙が並べてある。今年、自分がどんないいことをして、プレゼントはなにを希望するのか、詳記したものである。

久司さんの家では、プレゼントを届けてくれるのは本物のサンタクロースということになっていた。だから親にねだることは厳禁であった。

久司さんは五年生、兄は来年中学生である。そんな都合のいい爺さんがいないのは当然わかっている。それは親も知っているはずなのだが、クリスマスの二週間ぐらい前から「いい子にしないとサンタがプレゼントをくれないぞ」という脅し文句を頻繁に使いだす。もしそこで「サンタはパパでしょ」なんて現実へ覆すようなことをいえば、プレゼントがもらえなくなる恐れもある。そのように察し、この月ばかりは仕方なく兄弟揃って《サンタを信じるいい子》を演じていたのである。

「久司、もう寝ろよ、サンタにいいつけるぞ」

「やだよ、なんで僕だけ――」

首筋を冷たい風が撫でた。

兄も気づいたようで漫画から顔を上げた。

窓が開いていて、冷たい風と綿雪が吹き込み、カーテンが激しく踊っている。

「なにやってんだよ、しめろよ馬鹿」

「俺じゃないよ」

「うそつけ。じゃあ勝手に開いたのかよ」

二人の視線は窓の下に置かれている四角いものへと向けられた。

白い紙で梱包された平たい箱は、ぽつぽつと濡れて水玉模様になっている。

「プレゼントだ！」

久司さんは喜びの声をあげて手に取った。

外気に触れていたからか、箱はひんやりとしている。

それにずいぶんと軽い。サンタに望んだ新刊のコミックスの重さではない。

兄は人気カードゲームのスターターセットボックスを望んだが、それとも違う。

久司さんはきょろきょろと部屋を見渡した。

親（サンタ）は、いつの間に部屋に入って、これを置いたんだろう。

一瞬で窓から放り込んだんだろうか。だから開いていたのか。

「見ようぜ」

久司さんから箱を奪い取った兄は躊躇（ちゅうちょ）なく包みを破きだした。

包みの下からは、お歳暮に届く高級素麺が入っているような木箱が出てきた。

蓋を開けた兄が「なんだよ」と萎（な）えた声を漏らした。

「今年は仮装するのかな。ほら」

箱の中身を久司さんに見せた。白いものが詰まっている。

「この綿、サンタの髭（ひげ）だよな。こっそりお母さんに渡そうぜ」


翌朝、雪は積もらなかったが、プレゼントは枕元に置かれていた。中身は手紙に書いた二人の欲しい物だった。

「サンタさん、間違った箱を届けちゃったみたいね」

例の箱を久司さんたちに渡され、母親は困った表情を見せた。

そしてそれっきり、箱については語ろうとしなかった。

クリスマスに仮装のサンタは来ず、あの箱はゴミ箱に突っ込まれていた。

雪の降る深夜。二階の部屋の窓から届けられた箱。

中身はサンタの髭ではなかったと久司さんはいう。

箱一杯に詰まっていたのは綿ではなく、白髪であった。

そう記憶しているという。

芸能人

庵野氏は芸能事務所の社長である。

てかてかの色黒で前四本が金歯、ブランドスーツに強い匂いの香水を纏(まと)い、笑い方が「ガハハハ」と豪快な、いかにも業界の人である。

「特別な想いのある体験だからさ、しっかり書いてくれよ」

これは氏が十五年前、西新宿の某タワービルの四十階で働いていた頃の話だという。

「その頃はパソコンソフトの販売をしてたんだよ。客にアポ入れて会社に来させてソフトの説明したら契約書にサインさせる。接客は部下にやらせるから、俺はそいつらに喝入れるだけの仕事。なんのソフトを売っていたのかも、よくわかってなかったよ」

接客フロアはパーテーションで五十スペースほどに細かく区切られ、毎日何百人ものの人間が出入りしている。盛況の時は社員と客の会話で有線の音楽が聴き取れなくなるほどの来客があったという。

ある日も、それに近い盛況ぶりだった。

部下の接客の様子を覗きにフロア中を行ったり来たりしていると、男性同士の会話が耳に入ってきた。

「さっき下でOにサインもらったよ」

「ああ、『(ドラマ名)』に出てた?」

「下で撮影があるみたいだな」

O――それは古い友人の名前だった。

特徴のある名前なので聞き間違えようがない。

有名なトレンディドラマにも出演したことのある役者である。

「役者をやる前から知ってて、ずっと応援してたんだよ。なかなかのハンサムなんだけど運が悪いんだな、人気の出る役が回ってこない。頑張ってるのにパッとしない。でも本人は名脇役を目指す、なんて地道にやってたから、役者仲間にも彼を応援してるヤツは多かったな」

大御所にも彼のひたむきな演技姿勢は評判が良かった。主役は無理でも、彼の目指した名脇役には確実になれたはずだった。

ところが、そんな彼の人生を借金が狂わせてしまった。

「よく聞く話だよ。Oは飲食店を何軒が経営ってたんだけど、その中の一軒が大赤字を出しちまってな。そこから歯車がどんどんずれていったんだろうな。ぼちぼちやれていた店までいっぺんに傾かせちまった」

傾いては支え、傾いては支え。借金のためにあちこちに頭を下げて回っていたため、本業の役者もうまくいかなくなったのだろう。テレビで見なくなっていた。

「そんな頃に、そんな会話を聞いちまったらさ、そりゃ嬉しいだろ」

あいつ復帰したのか。なんで連絡のひとつも寄越さないんだよ。やばかった店は持ち直したのかな。俺がここで働いてるのなんて知らないだろうな。

久しぶりに会いたくなり、居てもたってもいられなくなった。

撮影が終わる前にと急いで一階まで下りた。

ビルの正面入口の前には大きな噴水があり、スーツ姿の人たちが退屈そうに空を見上げていたり携帯電話で会話をしている。

ドラマの撮影をしている様子はない。

——現場が違うのかな。

少し辺りを探してみたが、とうとう撮影現場には辿りつけなかった。


その日、知人からOの訃報が届いた。

六日前に亡くなり、すでに葬儀も終わっていた。

借金苦の自殺だったという。

「あの時の会話はOからのメッセージだって思ってるよ。それか、本当に近くまで来てたのか。あいつ、まだやりたかったんだよ、役者を」

本当にいい役者だったよ。

庵野氏は遠くを見つめながら、そう呟いた。

カウチポテト

結衣さんは昨年、同棲していた彼氏と別れた。

出会いは三年前。溺愛していた飼い猫のクリームが死に、気持ちがひどく落ちていた時にたびたびメールで慰めて元気づけてくれたり、遊びに誘ってくれたのが彼だった。

顔はタイプではなかったが、優しくて男気のある働き者であった。

「あのまま結婚していたかもしれませんね」

あの件がなければ。


ある休日の夕方。

結衣さんがバイトから帰ってくると、リビングのソファで同棲中の彼氏が寝ていた。

照明を落とした暗い部屋の中、昨日借りてきたＤＶＤの選択画面が繰り返されている。

テーブルには食べかけのポテトチップスやジュース。

——あれ。

照明のスイッチを入れる。

テーブルの上にクリームの骨壺がある。

普段は本棚の上に置いてあるものだ。

包みもはずされ、蓋も開けられ、空っぽの中身を見せていた。

すぐに眠りこけている彼氏を叩き起こした。


触れた記憶は一切ないと彼氏は必死に弁明をした。

「じゃあ誰が動かすのよっ、あんた一人しかいないでしょ！」

責めたてたが、そんな悪戯をするような人ではないことはわかっている。アルコールを摂取していたわけでもない。一体、何が起きているのかわからなかった。

「なぁ、まさか俺……」

喰ってないよね。

蒼褪めた顔で、しきりに結衣さんに訊いてきた。

それから二人の関係はこじれだし、結衣さんから別れを告げるに至った。
骨壺の中身は、まだ見つかっていない。

アンジー

目を覚ますと真っ暗な天井から片足が生えていた。
身体が動かない。声も出ない。人生初の金縛り。
一人暮らしをしてから初めてのクリスマスの夜だった。
塗り込めたような闇の中、誰かの片足はぼんやりと白く灯っている。
こういう時はどうすればいいんだったか。
――念仏か。でも声が出ない。念じるだけでも効くものだろうか。
枕元で携帯電話が激しく震え、その瞬間、金縛りが解かれた。
天井の足は忽然と消えていた。
まだ震え続けている携帯電話を摑む。着信は母親(カカ)であった。
「もしもし、あんなカカくん、俺、いま初めて――」

「メリークリスマース！　リョウちゃん、アンジーはわかる？」

「え、なんて？」

「あのな、さっきアンジーが来たんよ」

「なに、あんじーて」

「なんや、リョウちゃんアンジー知らんの？」

「知らん」

「ほんまか？　アンジーいうたらアンジェリーナ・ジョリーやん」

「は？」と素っ頓狂な声をあげてしまった。

「カカくんがなにをいうとるかわからん。夢に出たいう話？」

「夢ちゃうわ。さっきな、アンジーがウチに来たんよ」

「来たってなんなん？　外人さんの友達できたぁいう話か？」

「あほか、友達ちゃうわ。名前も知らん」

どういうことなのか。先ほどの恐怖の体験の興奮はすっかり飛んでしまった。

母親は事の経緯を語った。

今日の買い物帰り、自宅近くの街角で「スイマセン」とカタコトの言葉で声をかけられた。黒いコートを羽織った紅毛碧眼(こうもうへきがん)の外国人女性だ。

息を呑むほどの美人で背が高く、ボディラインも完璧。高そうなバッグも持っている。どこかで見たことある顔だなと思ったが、この時は思い出せなかった。

「サビシイデスカ」

「なに？　宗教の勧誘？」

「アナタ、サビシイデスカ」

「そやな、一人暮らしで毎日さびしいわ。それよりお姉ちゃんきれいやね。どこの人？」

「ヒトリニナリマス。サビシイデスカ」

「あはは、意味わからん、バーイ」

その場を去ろうとすると、外国人女性が後をついてくる。

そのうち諦めるだろうと自分のペースで歩いていると、「あ、アンジーや」と思いだしたという。

顔を確認しようと振り返ると、もういなくなっていた。

「ほんでリョウちゃんに電話かける十分くらい前や」

寝転がってテレビを見てると、家の中に何かの気配を感じた。

寝転がったまま首を伸ばして玄関を覗くと、あのアンジー似の女が立っている。

「はぁ？」と声を上げて起き上がり、もう一度玄関を見ると女はいなくなっていた。

「初めて見たわ。幽霊って昼間も夜も関係ないんやな」

今になってアンジー似の女にいわれた言葉が気になるという。

母子、二人だけの家族である。その息子に何かがあり、自分一人になる、その兆しなのではないかと不安で仕方がない。だから正月には帰ってきてほしいと泣きつかれた。

「もしかして、俺が見たのって、そのアンジーの」

スラリとしたきれいな足であったそうだ。

騒音トラブル　宴

池原氏は引っ越しジプシーだった。

一ヶ所に落ちつけず、街から街へ転々としていた。

転居先でよく他の家の住人と、トラブルになるというのである。

和解することはまずない。必ずギスギスした関係になる。最終的に居づらくなり、出ていくことになる。

そういうことが一度や二度ではないのだそうだ。

「引っ越すたびに最低一度は必ずあるんです。おかげで定住できず、そんな生活が十年以上続きました」

トラブルの原因は、すべて騒音であるという。

「友達を呼んで騒ぐのはいいけど時間を考えてくれる？」

学生時代、住んでいたアパートの隣人にこんな苦情をいわれた。

相手はバットマンに出てきそうな派手なメイクをした年配の女性である。彼女に漂う不穏な雰囲気を察した池原氏はこの時、努めて冷静な対応をした。

「他の部屋だと思いますよ」

一人でバラエティ番組を見ていたんです。音量もそれほど上げていません。

そう潔白を訴えたが、「だってお宅の他にいないでしょう？」と口を尖らせる。

「じゃあ部屋の中を見てください。俺一人ですから」

「いいよ、いいよ。どうせ隠れてるんでしょうし」

「いや、中入っていいんで見てくださいよ」

いいよ、いいよ――と、取りあってくれない。

「あんまりうるさかったら出てってもらうよ」

何の権限もない婆さんにそんな捨て台詞(せりふ)を吐かれ、呆然とその場に立ち尽くした。

このトラブルが原因か、気がつけば他の部屋の住人の視線が池原氏に対して厳しくなっていた。

挨拶をしても無視され、ひどい時は舌打ちをされた。

ドアに「うるさい」とだけ書かれた紙を貼られたこともある。

しまいには大家から電話があり、「あんたへの苦情がひどいよ」と愚痴(ぐち)を聞かされ、最後は半ば追いだされるようにアパートを出るハメとなった。


その後、ワンルームマンションへ引っ越した。

不動産会社の人にアパートでのトラブルの件を話すと大袈裟なほど同情され、入居者の年齢層が若そうな場所を選んでくれた。

「ここならアパートと違って壁も厚いですから安心して住めますよ。よかったですね」

しかし、そこでも騒音トラブルに巻き込まれた。

マンションの掲示板に池原氏への注意勧告が貼り出されたのである。入居してまだ一週間も経っていなかった。

《深夜に大勢の人を呼んで騒いでいる住人がいます》とプリントされた紙に、鉛筆で池原氏の部屋番号が殴り書きされていた。

人の入れ替わりが激しいマンションなので個人と大きくもめることはなかった。しかし、不動産会社にも何度か苦情が入っていたようで、うんざりした声で「気をつけてくださいね」と注意された。結局、契約更新はせずに別のマンションへ引っ越した。

それからも何度か引っ越したが、やはり騒音トラブルの憂き目に遭い、迷惑な住人扱いをされたまま退去するという結果に至った。

ここまでくると運が悪いというだけでは済まず、引っ越すことが怖くなっていた。

それでも諦めずに安住の地を求め、一昨年に繁華街の傍にあるマンションへ越した。

飲み屋街も近く、深夜でも酔っ払いたちのご機嫌な歌声が聞こえてくる賑やかな場所である。苦情をいってくるような神経質な人間はこんな場所に住まないだろう。

ところが、そんなに甘くはなかった。

入居三日目にチンピラ風体の隣人がドアをドカドカ蹴って苦情を喚き散らした。

「今度騒いだらぶっ殺すからな」そう脅され、引っ越すことに決めた。

ところが、奇縁というのはあるものである。

数日後には、その隣人と雀卓を囲むほど親しくなっていた。

「たまたま入った雀荘にいて、『あれ、お隣さん？』ってなったんです。それからは、ちょくちょく雀荘で会いましたね」

ある時、卓を囲みながら隣人に訊いてみた。

以前、うちに苦情をいいにきた時、あんたはどんな音を聞いたのかと。

「若いのが何十人って楽しそうに騒いでる声だよ」

——何十人……。

突きつけられる苦情はいつも《大勢の人の声がする》だ。

他の部屋の音だとしても、どうして自分は一度も耳にしたことがないのだろう。

ある休日、引っ越しから一度も開けていない段ボール箱の中身を整理していた。

すると箱の底から古いカセットテープが出てきた。

なにを録音したのかは覚えていないが、見覚えはある。

聞きたかったが再生機器がないので、実家へ帰る時にテープを持っていった。

父親から借りたラジカセにカセットテープを挿し、再生ボタンを押す。

複数の男女が、元気にはしゃぐ声が入っている。

その中には池原氏の声もあった。

「周りに三、四十人はいる感じで、とても楽しそうなんですよ。聴き取れる意味のある言葉はひとつもないんで、いつどこで何をした時に、何のために録った音声なのかがわからないんです」

テープは実家のラジカセに入れたままにして置いてきた。
それがよかったのかもしれない。
以来、騒音トラブルには巻き込まれていないそうだ。

騒音トラブル　嘲笑

岡村さんが職場の同僚たちと飲みに行った日のことだ。
いい時間になり、二次会はどうするという話になった。
飲み足りないが終電のことを考えると今から店を探してというのも微妙な時間。
なら、うちに来て家飲みするか、と岡村さんが提案した。
岡村さんのマンションはそこから歩いて五分もしない。そうしようとなった。
コンビニで酒を大量に買いこみ、上司の愚痴をつまみにぐいぐい飲んだ。
一人また一人と床に倒れ伏し、大いびきをかきはじめる。

「岡村、起きろよ岡村」
肩を摑まれ、揺すり起こされた。

同僚たちは顔を強張(こわば)らせて岡村さんのことを見ている。
すっかり酔いが醒めたようで、みんな青白い顔をしていた。
「どうした？　みんなして」
「それが――」
同僚の一人が息をしていないので救急車を呼んだのだという。
その彼は床の上で蝉(せみ)の幼虫のように背中を丸め、顔色を白くさせていた。
救急車の音が近づいてくる。
午前二時過ぎ。
病院へ運ばれた同僚の死亡が確認された。急性アルコール中毒であった。
翌朝、病院から帰ると玄関のドアに紙が貼られている。
《夜は静かにしてください。６０１天野》
岡村さんはカッとなって紙を引き剝がし、隣の６０１室のインターホンを押す。
堅い表情の男性が顔を出した。
岡村さんはドアに貼られていた紙を相手に突きだした。

「これ、ご迷惑をおかけしました。昨日は人が死んだものでバタバタしていて」

「え……」

隣人は顔色を変え、絶句した。

「すいませんね、緊急だったもので。うるさかったですか？」

「あの、もしかして、一時か二時に来た救急車って」

「うちですよ」

そうですか、あれはお宅だったんですかと隣人は落ち着きなく視線を泳がせる。

「なんなんですか」

「いや、その救急車が去ってすぐ後に、お宅の部屋からすごい大きな笑い声が聞こえてきたんですよ」

大勢の男たちのゲラゲラという不快な笑いが、明け方まで止まなかったという。

だからたまらず、貼り紙をしたのだと。

そんなはずはない。

皆、病院に行っていたから家には誰も残っていなかった。

なぜ、そのタイミングで笑ったのか。
考えるのだけで怖いという。

ついていい嘘

テレビを観ながらソファでうとうとしていると。
「あめよー」
寝室から妻の声が聞こえてくる。
ほどなく、屋根を激しく打ち付ける雨音がしだす。
ごろごろと空が唸り、カーテン越しに鋭い光が射しこむ。
爆音が轟(とどろ)き、地響きがする。窓ガラスが震え、家がグラグラと揺れる。
カーテンを開けると、外は快晴である。

※

けたたましく目覚ましが鳴る。
眠気を引きずりながら布団から這いだし、やっと止める。
遠くからテレビの音や高校生の息子と中学生の娘の口喧嘩が聞こえる。
いつもの目覚めだ。
妻の足音が部屋に近づき、朝を告げるために部屋の引き戸が。
――開かない。
いつまで待っても、開かない。
テレビの音も口喧嘩の声も聞こえない。
目覚まし時計を見ると、設定した五時間前。
午前二時である。

※

村崎さんの家族は、十年ほど前からこうした嘘をつくようになった。
当の本人たちは十五年前、火事で亡くなっている。

死面

専門学生の村井くんの家は神職である。

神仏は特別な日、特別な心持ちの時にだけ参って会うものだという感覚が私にはある。それが寝ても覚めても身近にある生活とは、どのようなものなのか想像がつかない。

「ぜんぜん普通の生活ですよ」という彼に「小さい頃のいちばん印象に残る想い出は？」と訊ねると「白装束を着て町から町へ渡される神輿の上に立ったこと」だと答えた。

子供の頃から神事では特別な役割をしていたのだという。

「継ぐ意思は固まってるんで、もう仕事も手伝ってますよ。一応、少ないけどバイト代も出るんで」

それは若いのに立派なことだと感心した。そこで私は、将来仏様に仕える崇高な精神を抱く若者に「怪談のネタが欲しいっす」と不躾なお願いをしてみた。すると少しだけならありますよ、と語ってくれた。書く時はいくつか情報を伏せるという条件で。

年に二度、K県内にある某神社へ父親と通っているという。

春と秋の神事のために借りた道具を返却しに行くのである。

あった場所にただ返すのではなく、借りた道具への感謝を込めて保管場所の蔵の掃除をしていく。

そこには曽祖父の代からある神事の道具が保管されており、特に多いのが面である。おかめ、ひょっとこ、えびす、猿など様々な面が箱に保管されている。

「ひとつひとつが上品な布で包みまれて同じ箱に収めてあるんですけど、一つだけ別の箱に保管されている面があるんです」

これが、いわくつきなのだという。

「箱の蓋を留めている半紙の帯に達筆で狐面(きつねめん)って書いてあるんですけど、僕は一度も開けて見たことがないんです。開けちゃダメなんで。気になったんで父親に訊いたら、そいつは《死を寄せる面》なんだって話してくれました」

その狐面は、昔は年に二回の神事で必ず使われていた。

ある時期から狐面をかぶった者が次々と、不審「ではない」死を遂げだした。いずれも死因は病気。それも大病を患っていたり、心臓が弱かったり、言い方は悪いが、いつ亡くなってもおかしくない者が神事から一ヶ月以内に葬儀をあげることになる。

狐面をかぶったから人が死ぬのではない。死が近い人たちにばかり狐役が巡ってくるのである。

「面自体に何か謂われがあるわけじゃないらしいんです。祟りってことでもないでしょうし。でも、やっぱり昭和の中頃に使われなくなったそうです」

今でも半年に一人か二人、「狐さんは出ないのか」とお年寄りが訊ねてくるという。村井くんの知る限り、訊ねてきた人たちの何人かは神事のすぐ後に亡くなっている。

死すべき人を寄せる面は、今後も箱から出される予定はないそうだ。

しゃんしゃかしゃん

ある晩、寛人さんは、こんな夢を見た。

場所は自分の部屋である。

中学生くらいのきれいな面立ちの少女が、カーテンの陰から顔だけを覗かせている。

視線は真っ直ぐ寛人さんへと向けられ、寛人さんも彼女の顔をじっと見つめている。

少女は唇や顎が血と吐瀉物のようなもので汚れ、おそらくカーテンの裏側も血と吐瀉物まみれである。

寛人さんを見つめたまま、少女は痰が絡んだような擦れた声で、こう歌いだす。

しゃんしゃんしゃんしゃんしゃか　しゃんしゃんしゃんしゃん

しゃんしゃんしゃんしゃか　しゃんしゃんしゃんしゃん

吐瀉物まみれの唇で歌う少女の顔は、カーテンの縁に沿って上がったり下がったりを繰り返す。上がる時はカーテンのいちばん上までいき、下がる時は床から五センチほどの位置まで下りる。

少女には身体がないのだとわかった。

つまり、もう死んでいる。

途端に怖くなる。

※

この夢を見た日から数日が経った、ある晩。

自宅のリビングで例の歌声が響いた。

しゃんしゃんしゃんしゃか　しゃんしゃんしゃんしゃん

しゃんしゃんしゃんしゃか　しゃんしゃんしゃん

五歳になる娘のアリカちゃんが、絵を描きながら歌っていた。

ゾッとして、アリカちゃんに訊ねた。

「その歌、どこで聞いた？」

「パパのおうちだよ」

寛人さんの部屋のことである。

ここ何日か、夕方になると部屋から聞こえてくるという。

アリカちゃんは寛人さんの部屋でテレビがついているんだと思っていた。

その時間、まだ寛人さんは会社である。

「パパと約束してくれる？　その歌、もう歌わないで」

「えー、なんでー？」

「なんでも。もうアリカに歌って欲しくないの。いい？」

首をひねりながらも頷いてはくれたが、寛人さんは不安で仕方がない。

おそらく、いや、間違いなく。

夢の中の少女は、数年先のアリカちゃんだった。

ペット厳禁

香葉(かよ)さんの住んでいたマンションはペット厳禁である。

「あそこほど厳しいところもないと思います」

エントランスの掲示板やエレベーターの中には、他の注意事項を差し置いてペットに関するプリントが何枚も所狭しと貼られている。いずれも内容はトラブル例や罰則が箇条書きにされたもの。同様のプリントが月一で各家のポストにも投函される。

また二ヶ月に一度、自治会の人がアンケートをとりに訪問する。訊かれるのは自治会の参加の有無や、マンションの共有部分の管理についてなど。

しかし、おそらくそれは本当の目的ではないという。

「そうそう、いつも家庭ゴミは何時頃に出されてますぅ？」

などと質問をしながら、室内の様子を窺(うかが)うような目の動きをしているというのだ。

尻尾の毛先でも見つければ摑もうとしているのだろう。

これほど過敏な状況にもかかわらず、香葉さんはペットを飼った。

「友人の家で生まれた仔猫で、里親を探していると聞いて、あ、欲しいなってなっちゃって。一人暮らしは寂しいんで癒しが欲しくなるんですよね」

ペット厳禁のマンションで大型犬を何年も飼っている友人が「見つかったって追い出されやしないよ」と背中を押してくれたこともあって飼うことを決めた。

仔猫にはハスと名付け、とにかく周囲に気づかれぬよう、存在を消しながら飼った。寂しがると鳴いて歩き回るので外出時はテレビをつけたままにし、トイレ砂や餌を買う時は駅二つ向こうのスーパーまで行く。着衣についた毛はマメにガムテープで取り、糞尿はトイレットペーパーで何重にも包んでビニール袋に入れて捨てる。いちばんの危険は自治会の訪問なので、インターホンが鳴ったらクローゼットの中にハスを隠してから出るようにしていた。

そんな苦労の甲斐もあり、近所に猫を飼っていることはまったくばれなかった。

ある夜、尋常でない鳴き声を聞いて飛び起きた。

声のするバスルームに駆け込むと、上半身だけのハスが壁に貼りついて、もがいていた。

「はじめは何が起きているのかわからなくて呆然としちゃって」

バスタブが傾いで壁との間に隙間ができ、そこにハスは身体の下半分を挟まれていた。よほど苦しいのか歯茎を剝きだし、泡を吹きながら鬼のような形相で叫んでいた。

暴れるハスをなんとか救い出すと、ぴゅんとバスルームを飛び出し、リビングの隅で小さくなって震えていた。そんなハスを見ながらテレビの電源を入れ、音量を上げる。

今の声が外に漏れなかっただろうか。どうしてあんなことになったのか。

バスタブには水が溜まった状態だった。自然に傾くはずはない。仔猫が乗って遊んだくらいでは、あんな状態になるわけがない。

幸いハスに怪我はなかったが、バスルームを怖がるようになり、けっして近寄ろうとはしなかった。

それから数週間後の明け方。再び、異常な声で目が覚めた。

閉めていたはずのバスルームの扉が開いており、中からカスカスと爪を滑らせるような音が聞こえていた。

ハスは首を吊っていた。

シャワーと水道の切り替えレバーに掛けてあった髪止めのゴムに首を引っ掛け、ペダルを漕ぐように後ろ足をバタつかせている。

泣きながらゴムをほどくと、ハスは死に物狂いで逃げ出した。

探しにいくとパソコン机の下に丸まっており、動かないので引きずり出すと血混じりの吐瀉物を吐いて絶命していた。

「あんなに怖がっていたバスルームに自分から入ったなんて思えないんです」

あのマンションには、ペット厳禁の本当の理由がある。

そんな気がしてならないそうだ。

香葉さんは現在、駅周辺でペット可のマンションを探している。

また猫を飼う予定であるという。

鉱床

掛川さんは十五年前、祖父の代から継いできた工場を取り壊す決断をした。

「近くにマンションが建つことが決まったからです。原料を熱する際に煙が出るんですが、微量だけど異臭がするんですよ。確実に住人から苦情がくるんで煙の出ない排煙装置を設置する必要があるんだけど、そうなると炉も一から作り直さにゃならない。その間は仕事にならんのです。その他諸々の事情も考えると、もう移転がいいだろうって。工場地帯に土地を買うか借りるかして、そこに炉を作っておいて業務を繋ぎ、古巣を引き払ってそっちに移る方がいいって。株主たちとそういう話になりました」

さっそく取り壊しが始まった。

子供の頃から通っていた建物が、屈強な男たちの手によって目の前で瓦礫(がれき)となっていく。

なんとも言えない寂しさが込みあげる。

工場自体の取り壊しはあっという間に終わった。

この後は不純な土壌を根こそぎ掘り出す作業がある。工場を載せていた土は油を吸って水はけが悪くなっている。埋められた産廃が出てくることもある。かなり深いところまで掘り出さなくてはならない。

土の中からは、どこに繋がっていたのかわからない破損した管（パイプ）や錆び腐れた工業部品などが面白いほど出てくる。

さらに掘り進めると黒い塊（かたまり）が大量に出るようになった。

「鉱脈にでもぶち当たったかね」

現場監督が冗談交じりにいう傍ら、ショベルが黒い塊を穴から掻き出していく。

鉄と砂利と陶片のような物が混じった塊（それ）は、金槌で叩いても砕けない硬度を持っていた。

混ざり込んでいる陶片には、細い字に見えるものが書かれたり彫られたりしている。《入ル》《村幅（あるいは村福）》《之宝》《卓二（あるいは卓三）》と読み取れるものもある。

気になった掛川さんは、そこに書かれている文字をいくつか紙に書き写しておいた。

掘れば掘るほど出てくるので産廃用に用意された四トントラックがすぐにいっぱいに

なった。すべてを掘り出すのに丸二日はかかるとのことだった。

業者が帰り、まだ壊されていない事務所で一人感慨に耽っていると人が訪ねてきた。五十がらみの女だ。髪はぼさぼさ、口紅の赤が濃すぎる。水色の患者衣のようなものを着ている。近隣住人はほとんど顔を知っているが、見かけない人だった。

「子供を遊ばせてもいいですか」

「え？　どこで？」

あそこあそこ、と穴を掘っている現場の方をさす。

「このへんに遊ぶ場所なんてないよ。ここ工場だよ」

あそこあそこ、と指をさす。

「なに、中？　だめだめ、だめだよ」

あそこ、あそこ。まだ指をさしている。

取り壊しているから空地になったとでも思っているのか。子供が中で遊びたいと言いだしたのかしらないが、どういう神経なのだろうと苛立った。

「あのさぁ、踏切あるでしょ？　近くに小さいけど公園がありますから。すぐわかると思うから。そっちで遊んでよ。ここは公園じゃないの。わかるでしょ？　ダメだよ、こんなところに子供連れてきちゃ」

女は残念そうな表情で「そうですか」と小さくこぼし、帰った。

（気持ちが悪い女だな）

女の出ていった扉を見つめながら、「あっ」と立ち上がった。

正面口は安全鋼板で塞がれ、裏からでなければ出入りはできない。

だが今の女は、正面口からやってきた。

事務所を出ると、やはり女の姿はない。

どこから入り、どこから出ていったのか。

ゾッとして、帰宅準備を始めた。

家に帰ると、小学生の息子が顔中に青タンや擦り傷を作って出迎えた。

「なんだ、どうした、その顔」

「知らない男の子にやられた」

公園で遊んでいると見たことのない男の子が寄ってきて、「あっちで遊ぼう」と息子の腕を引いてきた。誰なのと訊いても「来い」としかいわない。どこに連れていかれるのかと任せていると掛川さんの工場の方に行くので、怒られるから嫌だと腕を振り払って公園へ戻ろうとした。

するとと追いかけてきた男の子に突き押されて、顔から地面に転倒してしまったという。

「厭な予感がして、その男の子の近くに大人の女の人はいたかって訊いたんです」

ずっと、傍にいたという。

その女は男の子と一緒に、ものすごい顔で追いかけてきたそうだ。

工場のあった土地には現在、マンションが建っている。

小さな公園もできているそうだ。

勿体ない女

柳田氏は以前、都内の風俗店で店長を務めていた。

「セクパブ、おっパブってわかる？　キスタッチはアリで抜きナシの店。そこにコレが出たって話なんだけど」

にやりと笑みを浮かべ、古典的な幽霊の手つきをして見せた。

店は風俗街のど真ん中に建つビルの中に入っている。

一階が店舗で二階が事務所。事務所は一二畳ほどの部屋で、一角をパーテーションで囲っている。その狭いスペースは店長やバイトの仮眠室で古いソファや毛布が置かれており、蛍光灯の明かりが届かず薄暗い。

そこで寝ると時おり、若い女を視るのだという。

「パーテーションの向こう側にいるの。だから肩から上しか見えない。そこは衣装の入ってるプラスチックの収納ケースと履歴書とかの入った引き出し型のスチールロッカーが置いてあって、その女はロッカーのあたりから出てくる」

女は歩いているような縦揺れの動きをしながら、衣裳ケースの中に溶け込むように入っていくという。それで消えるわけではなく、衣装ケースの上から額の上のみが出た状態で移動を続け、壁の中に消えていく。移動距離は一メートルもない。

「働いてた女の子の顔はだいたい覚えてるけど、知ってる顔じゃなかったね。うちの前にやってた店の子かもしれないけど、別にそこで誰か死んだって話は聞いてないし」

女の印象を訊くと、暗い顔つきでもなく、普通にただ歩いているといった感じで怖いとは思わなかったそうだ。正面から見てはいないが、かなりの美人であったという。

「面白いからバイトのあんちゃんに『あそこに女が出るから、うちで働かないかって口説いとけ』なんて冗談でいったら、何日かして『出ましたよ！』ってきてさ」

ちゃんと口説いたのかと訊くと「ズリセンこいちゃいました」と返ってきたので、ゲラゲラ笑いながら「バカヤロウ」とバイトの頭を殴った。

それから事務所に女は現れなくなったという。

「あのバカ、冗談じゃなく本気でやったんだなって。野郎のオカズされて、よほどショックだったんだなぁ、悪いことしたなぁって可哀想に思ってたんだけどさ」

それから客のアンケートに妙なことを書かれるようになった。

『あのモデルみたいな新人さんはナニ子ちゃん？　次はあの子を指名します！』『あんなカワイイ子いつ入ったの？　おしえてよ〜』

店のカウンターには出勤している女の子の写真を貼りだしているのだが、どうも常連客の間では、そこに写真のない上物の新人がいるということになっているようだった。

また、一見の客のアンケートには、しばしばこんな苦情が寄せられた。

『上からのぞくのはやめさせてくれませんか』『女の子がのぞいてるのが、かなり気になった』『上から見られるのはきびしいです……』『ずっとのぞかれてたんだけど、あの子はなんなんでしょうか』

店内は高いパーテーションで区切られている。それ越しに中を覗きこむには、二メートル近い身長がなくてはならない。ボーイにもそこまで背の高い者はいなかった。

——あの女だ。

柳田さんはそう思ったそうだ。

バイトとの一件から目覚めてしまったのか。あるいは昔の仕事を思い出したのか。かなりの頻度で女は店内に現れ、客の行為を覗きこんでいたようである。

「客からの評判もいいし、生きてたらかなり稼げたはずだよ。勿体ないね」

店は名を変えて今も営業中であるが、まだ女がいるのかはわからないそうだ。

やたろう

霊の出現や呪い、祟り、その他の超常的なことが起きたという話を「怪談」とするなら、この話は今の時点ではまだ、その基準に達していない。


薫さんには七歳の娘がいる。

その娘がある日、「外国の人に話しかけられたよ」と話しだした。

「背が高かった」「真っ白だったよ」「へんな言葉で話してた」

以上のことから外国人だと判断したようだ。

その人物は娘に笑いかけると意味不明の言葉でぺらぺら話し、自分の舌を出して見せたり、面白い顔をして笑わせてきたのだという。

「外人さんはどこにいたの」と訊くと娘は首を傾げ、「家の外」という漠然とした答えを返してきた。橋の近く？　公園のあたり？　と、通学路にあるものをあげていっても首を横に振って「家の外」としか答えない。

当時、行方不明だった少女が遺体で発見されたニュースが世間を震撼させていた。少々心配になり、当分は外遊びを控え、学校が終わったらまっすぐ帰るよう娘にいった。それには素直に頷いてくれたという。


それから数日が経った、ある晩。

二階から、ただ事ではない物音がした。

かと思うと、娘が大騒ぎしながら階段を駆け下りてくる。

「きて！　ママきて！」

落ち着かせながら、何があったのかと訊ねた。

娘は興奮した口調で、例の外国人が来たという。

「どこにいるの？」

「家の外にいるよ」

部屋の窓から覗きこんできたらしい。

ゾッとした。

娘の部屋は二階である。いくら背が高いといっても、ありえない。

見間違い、妄想、虚言——とはいえ、気味が悪い。

もしかしたら、本当に何かがいるのかもしれない。

武器代わりに傍らに立てかけてあるモップを摑み、娘をその場に置いて階段を恐る恐る上がっていった。

一見、娘の部屋に大きな異常はない。窓はカーテンを閉じられている。

窓の下には目覚まし時計が転がっており、単三電池を吐きだしていた。

「ヤタロウが悪いんだよ」

娘が後ろからついてきていた。

「ヤタロウが怖い顔するから、思いっきり時計を投げたの」

「ヤタロウって誰？　外国の人じゃないの？」

「外国の人だよ。スパイダーマンだっていってたもん」

その単語が出た瞬間、一気に緊張が緩んだ。

最近、夫がレンタルビデオで同名の映画を借りて鑑賞していた。その横で娘も夢中になって観ていたのだ。

「スパイダーマンは忙しいから、こんなところにこないわよ」

ほら、とカーテンを開ける。

面長な男の顔があった。


夫に「早く帰ってきて」と泣きながら電話をかけた。

仕事を早めに切り上げて帰宅してくれた夫は薫さんから話を聞くと、黙って二階へ確認しに行ってくれた。男はすでにいなくなっていた。

警察に通報しようと促すと夫は表情を曇らせた。

「確かにヤタロウっていったのか」

夫の知人に「ヤダタロウ」という人物がいた。彼は友人や町金、もっとヤバイところから多額の借金をしたまま三年前に行方をくらましていた。厳つい見た目とガタイに似合わず、かなりの寂しがり屋で、離婚して幼い娘と離れ離れになったことを本当に後悔してよく泣いていた。

失踪直前の彼は孤独と貧乏で死にかけていた。殺される前に死ぬ者の顔をしていた。

「自分の娘に会えないから、あんたんとこの娘さんに会わせてよって。借金焦げ付かせて首がカチコチの大人になんて会わせらるかよって断ってやったよ」

そのヤダタロウが、ついに会いに来たのではないかと夫はいう。

なおのこと警察に通報するべきだ。そういう追い込まれた人間だからこそ何をするかわからない。必死に訴える薫さんの対し、夫は「意味がないかも」と頼りない声を漏らした。

かなりの確率で死んでいる——はずなのだという。

なにかしらの根拠はあるようだが、夫は多くを語らなかった。

「うちじゃなく、自分の娘に会いに行けよな」

ぼそりと、夫が呟いたそうだ。


今の時点でヤダタロウの生死は不明であり、この話が「怪談」となるには彼の死が確定しなければばならない。あるいは「生霊」と捉えるか、だが。

もし訃報が届いても教えないでくれと、薫さんは夫に伝えてあるそうだ。だから、もし書くなら「死んでいた」ということにしても構わない。そんなお許しをいただいている。

そういう経緯があった上で、そのままで収録に至った旨をここにお伝えしておく。

坊主

宮木さんは幼い頃、近所に住んでいた二つ上の裕くんを兄のように慕っていた。

たいていの遊びは彼から教わった。ませていたので、エッチなことも教えてくれた。玩具や本は親に買ってもらわずとも、彼が飽きた物をくれた。裕くんも宮木さんのことを本当に可愛がってくれていたのである。

学校が終わるとランドセルを玄関に放り出し、まっすぐ裕くんの家へいく。

裕くんは玄関を開け、宮木さんを待っているという。

「今日は留守番を頼まれてるズラ。だから家で遊ぶズラ。入るズラ」

裕くんは宮木さんと話す時だけ《ズラ》をつける。彼が好きなアニメキャラクターが使っているからだ。正直、かっこ悪いなと思っていたけれど、裕くんが使うなら少しだけかっこいい気がしていた。

「なにして遊ぶの？」

「そうズラな、高鬼（たかおに）がいいズラ。家を全部使うズラ」

鬼の居場所よりも高い場所へ逃げるという、鬼ごっこの変種である。高い所へ逃れれば鬼は触れることができない。しかし、高い場所に居座り続けたら遊びにならないので、十秒で他の高い場所へと移動しなければならない。

「でも家の中じゃ、ちょっと逃げづらいズラな」

かくれんぼの要素も入れようという。

鬼に見つからなければ、十秒経っても移動しなくていいというルールである。


鬼になった裕くんは、玄関にしゃがんで目を瞑（つむ）って百を数えだした。

宮木さんは足音を殺しながら、隠れられる高い場所を探し求めた。

——良い場所があった。寝室の天袋である。

まさか、あんなところに隠れるとは、さすがの裕くんも思わないだろう。高さも申し分ない。

畳んである布団を移動させ、それを足場に箪笥をよじ登ると小さい襖（ふすま）を開ける。中に収納物はなく、奥行きがわからぬほど深く真っ暗だった。その中に足から入り、一センチほどの視界を残して閉めると、ちょうど百を数え終わった裕くんの「いくズラよぉ」という声が聞こえてきた。

寝室の襖がぱたんと開き、裕くんが入ってきた。

「……え？」

なぜか、裕くんは素っ裸になっていた。

パンツも脱いでいて、おちんちんも隠さず、寝室をとことこと歩き回っている。

ぼさぼさだった髪の毛もなく、なぜかつるつるの坊主頭になっていた。

——なにをしてるんだろう。裸になるなんてルールはなかったのに。

妙な怖さがあった。間違いなく裕くんなのだが、あれは絶対に見つかってはいけない裕くんだ。でも、自分は高い所にいる。そして絶対に見つからない場所にいる。

裕くんは箪笥の前に移動させた布団を見つめている。

しまった。ここに隠れているのがばれてしまうかもしれない。

「どこズラぁぁぁ」

玄関の方から、裕くんの声が聞こえてきた。

その声に呼ばれたように、つるつるの裕くんは寝室を出ていった。
すると「あっ」と聞こえ、それは「わあ！」という叫びに変わった。
どたどたと裕くんが寝室に入り込んできた。彼は髪があり、服も着ていた。
裕くんは高鬼の終了を大声で告げた。
裕くんの親が帰るのを一緒に待ってあげた。
何か重要なことを聴いた気がするが、そこだけ記憶していないそうだ。

独眼キャバクラ

東京近郊の雑居ビルの地下にSというキャバクラがある。

船木氏は四年間、そこで働いていた。

この店で働くキャバ嬢たちは一風変わった風貌をしている。

――《セーラー眼帯》である。

その名が示す通り、セーラー服を着て眼帯を付ける。

片目を隠すだけでミステリアスになり、M(マゾ)的な妖艶さを醸し出させる。そこに清純なイメージのコスチュームを合わせ、アンバランスな怪しさを持たせたのである。

「眼を患ってる女は色気があるともいうしな。でもあの店は最初からそんな思惑があったわけじゃない。呪われた末の変容なんだよ、あれは」

Sは特殊な〝島流し〟システムにより生まれた店だという。

働くキャスト(キャバ嬢)の半数以上は水物(みずもの)専門の求人冊子やホームページを見て面接を受けに来た女性である。

その他は社員によるスカウト。人通りの多い駅前やファッション系の店舗が並ぶモールなどで声をかけ、本人がその気ならそのまま店へ直行、面接、明日から来てねという流れになる。迷っている様子なら名刺を渡し、気が向いたら連絡をしてねと伝える。

「声をかける子は当然、可愛い子を選んでるから問題ないんだけど、求人見て来る子は正直、微妙な子が多い。雰囲気美人とか盛り上げ上手なのはまだ指名を稼げるけど、水慣れしない暗いプチブスは持て余して困るんだよ。店のランクが落ちるからね」

しかし、面接の時点で切るということはない。採用はする。

ただ、ランクの低い店へと回す。

そこでも扱いづらければ、さらに下のランクの店へ回す。

こうして下へ下へと流されていき、最後に行き着く所がある。

Sがまさに、そういう店だった。

照明が暗く不衛生。安価な酒と不味(まず)いつまみを出し、最低ランクレベルのキャバ嬢をつける店として、繁華街の明かりが届かぬうら寂れた場所にぽつんと存在していた。

「連れてこられた女は周りを見て、なんとなく察するんだよ。島流しにされたって。そういう店は誰でもわかる。ひと目で店内がどんよりしてるからな。負の空気がすごいんだよ」

そうなると客の質も悪くなる。

安い金で飲んで触って「ブスおいヤラせろ」としつこく迫る。ボーイに暴言を吐き、なにかとあれば店長を呼びつけて説教する。悪酔いして暴れだし、トイレやフロアをゲロまみれにする。

安い金で飲ませるのだからキャストもボーイも給料はいいわけがない。安い賃金で質の悪い客に絡まれればストレスも溜まる。彼女、彼らは濁った目で働いている。だから、トラブルも多くなる。

「それで客ともめちまったキャストがいてな、よく覚えてるよ。マリっていうんだけど、その怒らせた相手が地元のチンケなチンピラだった。もちろん店側は謝罪の謝罪。すると調子に乗って、そのチンピラはタダ酒タダマンを要求してくる。そんなクズとトラブルを起こしてくれたマリを、当時の店長は許さなかった。ブス殺すぞ責任とれんのかって蹴っ飛ばして唾吐いて辞めさせたんだよ。給料？　払うわけない」

「呪ってやるからな」

ホラー漫画のような捨て台詞を吐いて、マリは店を去った。

その日の閉店間際。

ロッカールームに気味の悪い物が落ちているとキャストたちが騒ぎだした。

床に一枚のティッシュが広げられ、その上にヘアピンが置いてある。

ピンは血みどろだった。


その翌日、眼帯をつけて出勤してきたキャストがいた。

ものもらいができたという。

瞼(まぶた)が青紫に腫れあがり、黄色い膿が糸を引くひどい状態だった。

ヅクヅクと熱を持つようで、接客中はボーっと虚(うつ)ろな目をしていた。

「最初はその一人だった。次の日には三人に増えた。最初のヤツが治ったかと思ったら、別のヤツが眼帯をつけてくる。眼帯女が日に日に増えていくんだ。店長はキャスト全員に病院へ行かせた。店の女がみんな片目じゃ困るからってな。病院に行って治るヤツもいたし、治らないヤツもいた。治ったと思ったらまた眼帯をつけてくるヤツもいる。それはボーイどもにまで伝染していった」

ある夜、出勤してきた子が外でマリを見たと伝えてきた。

店の近くをうろうろし、声をかけると笑いながら逃げて行った。

彼女の右目には、黄ばんだ眼帯が掛かっていたという。

「それでわかったんだよ。マリのやつ、あの時に自分の目をヘアピンで刺したんだ。店に呪いをかけていきやがったんだってな」

気がついたらキャストの七割は眼帯だった。

それならいっそ、眼帯を店の売りにしたらどうかと店長は一計を案ずる。

目が腫れていようがいまいが、キャストには全員眼帯をつけさせた。試行錯誤しながら眼帯に会うコスチュームを探した。

そうこうしているうちにマリの呪いが薄れたのか、キャストたちの目は治っていった。

しかし、何かを摑みかけていた店長は引き続き、キャストたちに眼帯を付けさせた。

ほどなくして眼帯キャバクラはマニアのあいだで火がついた。

店舗ランクも上がり、キャストは総換え。店長はお役御免で再び島流し。
八年前の話だという。
「そうそう、その時の店長」
実は俺なんだよ。
船木氏は眼帯をずらして見せた。
彼にはまだ、呪いは続いているようだ。

黒木あるじ

黒木あるじ（くろき・あるじ）

第七回ビーケーワン怪談大賞佳作賞、第一回『幽』怪談実話コンテスト「ぶんまわし賞」受賞。単著では「怪談実話」シリーズ『震』『畏』『累』、「無残百物語」シリーズ、『全国怪談 オトリヨセ』、『学校の怪談』など。共著ではシリーズとして「ＦＫＢ饗宴」「ふたり怪談」「怪談五色」など多数。小説は共著『狂気山脈の彼方へ』。

神隠

ある村で、こんな話を聞いた。

ずいぶん昔の話とだけ教えられたので、いつのことかは解らない。戦後なのか戦前か、あるいはそれよりずっと前なのかもしれない。

神隠しが、あったのだという。


消えたのは六歳になる女の子だった。

ある秋の夕暮れ、女の子は友人数名と田んぼの畦（あぜ）で遊んでいた。彼女らがどんな遊びをしていたのかは定かではない。鬼ごっこか、もしくはその時代に流行（はや）っていたなにかかもしれない。ともかく、西日の照らすなかを子供たちは楽しく駆け回っていた。

女の子が輪のなかにいないと気がついたのは、年長の男の子だった。

しかし、帰る姿を見た記憶はない。第一、遊んでいるのはすでに稲穂を刈り終えた田で、あたりに視界を遮るような草木もないのだから、誰かが帰ればすぐに気がつくはずである。もっとも、そのときは男の子も然して気に留めなかったようだ。たまたま見落としたのだろうと思い、やがて陽が沈んだのを見て家路へ走ったという。

騒ぎになったのは、その夜である。女の子の母親が、いっこうに戻らぬ我が子の行方を求めて村じゅうの家を訪ねてまわったのだ。話を聞いた大人たちは松明やカンテラを手に林や川原をくまなく捜索したが、夜が明けても女の子は見つからなかった。一日が過ぎ、二日が経ち、三日目を迎えても結果は同じだった。

途方にくれた大人たちは、唯一の手がかりである子供らに改めて話を聞くことにした。先述の男の子の話は、その際のものである。しかし、有力な手がかりはなかった。大半の子供たちは男の子と同様、「気がついたら居なくなっていた」と繰りかえすばかりであったからだ。

ただひとりを除いて。

「かみさまのところへ、いくのを見たぞ」

そう告げたのは、五歳になる男児であった。

男児によれば、それまで隣を笑いながら走っていた女の子が、ふいに立ち止まったかと思うと地面へ顔を向け、空中へ真横に浮かんだのだそうだ。要は、田んぼに対して平行になったというのだ。

女の子は、驚く男児をちらりと見遣ってから「かみさま」と呟くや、なにもない空間を走りながら地面へぶつかり、そのまま吸いこまれるように姿を消したのだ、という。

「かみさまが、つれてった」

男児はそう繰りかえして、微笑(ほほえ)んだ。

もっとも、大人はこの話をまるで信じなかった。かねてより、男児は精神にやや薄弱なところがあると思われていたからだ。

確かに、女の子が行方不明になったのを「神隠しだ」と宣(のたま)う人間は少なからず存在した。村では前年、神社の参道と畦の一部を切り崩し、新しい水路を引いていた。それが怒りにふれたのではないか、というのが「神隠し」派の言い分であったようだ。

「馬鹿馬鹿しい、神隠しなら神社が相場と決まっておる。辻褄があわんだろう」

「そうだそうだ。村はずれに鎮守様があるのに、なんで田んぼで消えるんだ」

「おおかた、神隠しだと騒いでおったのを聞いて、あの坊主が夢と現（うつつ）を取り違えたのだ」

村人の多くは、そのように結論づけた。

とはいえ、女の子が見つからないのに変わりはない。行方知れずになってから七日目の早朝、皆はそれまで立ち入らなかった裏山の頂付近へと捜索範囲を広げる。

子供の足ではとうてい行けるはずのない場所である。だが、もし誰かに攫われたのだとしたら、犯人ともども山奥へ潜んでいる可能性も否めない。

最悪の結果を迎えぬよう祈りつつ、男衆は鉈（なた）や鉞（まさかり）を手に山へ向かった。


蔦（つた）を斬り落とし、薮（やぶ）を漕ぎながら山頂を目指す。あたりをつぶさに調べてまわったが、誰かが立ち入ったような形跡は何処（どこ）にも見あたらなかった。

「獣道より酷（ひど）いぞ」

「やはり、此処（ここ）までは来ていないのではないか」

「ともかく山頂まで行ってみよう」

男衆は声を掛け合いながら、山を進んだ。ようやく山頂へ辿り着く頃には、すでに陽がずいぶん高くなっていたという。

予想したとおり、頂に人の姿はなかった。

打つ手なしか。

がっくりと全員が項垂(うなだ)れていた、その最中だった。

「おい」

ひとりの男衆が、眼下に見える村を指さした。なにごとかと集まってきた人々が、男の示した方角へ目を向けるなり「おお」「ああ」と声を漏らす。

真下に広がっているのは、女の子が消えたとされる一面の田畑だった。

田畑の周囲は水路のために周辺が削られている。本来なら碁盤の目であるはずの畦道は、歪な形に変わっていた。

上下左右に長く伸びた二本の道。それらが交差して、「井」という漢字によく似た形状を作っている。

正確には、「井」ではなかった。二本の縦線が上に突き抜けていない。

幵だった。

田んぼは、神社で見かける鳥居にそっくりな形をしていたのである。

「だから、地面に走って消えたのか」

誰かが漏らしたその言葉に、まわりの男衆は静かに頷いたそうである。

案の定、現在に至るまで女の子は見つかっていない。

ずいぶんと昔、東北のある山村で起こった出来事と聞いている。

鬼靴

東北のとある大都市にお住まいの、Sさんという女性からうかがった話である。

彼女がまだ小学生の時分に体験した出来事だという。


Sさんの学校では夏休みにOというリゾート地でキャンプをおこなうのが恒例となっていた。県境の温泉街からほど近いOは、ゴルフ場やスキー場などの娯楽施設も併設されている、(彼女の言葉を借りれば)「バブル」の香りが漂う場所であったそうだ。

「でも、私自身は其処(そこ)があまり好きではなかったんですよ。妙に無機質というか、生えている草木なんかも造りものっぽい印象があって……でも、一番の理由は〝名前〟ですかね」

リゾート地の名前には「鬼」という文字が使われていた。なんでもその昔、この土地を治めていた「鬼」と呼ばれる豪族が時の将軍に首を刎(は)ねられたのだという。落ちた頭部は空を飛び、この地にあった巨岩へと噛みついたのだそうだ。以来、此処は「鬼」を冠する名前になったのだと伝えられている。

そこから派生したのか、このあたり一帯には鬼の伝説が数多く残されていた。人を喰う、娘を攫う、村を襲う……伝説はいずれも恐ろしげなものばかりだった。

「毎年キャンプ場へ到着する前に、ガイドさんが声色を変えて説明をしてくれるんです。みんなはキャアキャア騒いでいましたが、私はそういう話が大嫌いで大嫌いで……なので、現地に着くころには心身ともにグッタリしちゃうのが常だったんですよ。まあ、もともと虚弱体質だったのもあるんでしょうけどね」

その年も例に漏れず、バスを降りたときにはすでに疲労感が身を包んでいた。

鬱蒼と茂った木々の隙間から空が見える。ガラス片のような透いた明るさが、かえって林の暗さを引きたてているように思えた。木陰が多い所為だろうか、土がやけに湿っぽい。周囲には知らない虫の鳴き声に混じって、傍らを流れる川の轟きが絶えず反響していた。清々しさとはほど遠い、野獣の唸り声にしか聞こえない響きだったという。

「あいかわらず気味が悪いなあと思ったんですが……それでも、そこは子供ですからね。テントを設置して豚汁を班ごとに作って、なんて色々やっているうちに気分も落ち着いてきたんです。いつもなら、帰りのバスに乗るまでほとんど動けないのに」

今年は、なんとか大丈夫そうだな。

と、我が身に安堵していたSさんの目に、昼食を食べ終えて周囲を駆けまわる同級生の姿が飛びこんできた。芝生を走りながら笑いあう姿を眺めるうち、彼女はじっとしている自分がとても損をしているような心持になったのだそうだ。

「まぜて」

小声でおそるおそる呼びかけてみたものの、はしゃいでいる同級生の耳には届かない。彼女たちは見る間に、川のある方角へと消えてしまった。

慌ててあとを追いかける。

「学校でもみんなの輪に混ざって遊ぶことは少なかったので……いままでのぶんを今日で取り返さなきゃ、そんな焦りがあったのかもしれません」

ようやく同級生らの姿を発見したのは、炊飯をおこなっていた場所から百メートルほど離れている、車道と隣接したキャンプ場の外れだった。

草むらと車道の間には幅三十センチほどの側溝が敷かれ、水がちょろちょろ流れている。

同級生らは、その上をジャンプして何度も跨いでいた。どうやら、度胸だめし的な遊びの一環らしい。

仲間にいれて、くれるかな。

はしゃいでいる同級生の輪へ、おずおずと近づく。と、数メートルまで迫ったあたりでひとりがSさんを発見するや、笑顔を浮かべて大きく手招きをした。

「あたしもやる！」

歓迎された喜びに、思わず顔が綻ぶ。彼女は勢いよく駆けだすと、同級生たちのもとへ向かって側溝を大きく飛び越えた。

つもりだった。

「え」

Sさんが側溝の真上を飛び越えようとしたその瞬間、誰かが足首を摑んだような感触が走った。驚きと同時に身体が真下へ、がくん、と引っ張られる。空中で体勢を崩したまま、彼女は側溝へと勢いよく落下した。

水音に驚いた同級生が次々に駆けよってくる。幸いにも側溝の幅は狭く、さして深くもなかったために、彼女は右足首から下を水に浸けただけで済んだ。

「だいじょうぶ？」

「怪我してない？」

友人たちの声に、「へへ、失敗しちゃった」と照れ笑いで誤魔化しながら右足を引き抜く。

「あれ」

靴がなかった。

履いていたはずのスニーカーが、足からすっぽりと消失している。

「……流されちゃったのかな」

「でも、そんなに水ないじゃん」

「じゃあ、草っぱらに飛んだんじゃないの」

それからおよそ三十分あまり、Ｓさんは同級生らと手分けして靴を捜索した。

側溝の底、水の流れた先、草むらの陰……めぼしい場所をくまなく確かめてみたものの、靴の痕跡さえ見あたらなかったという。

「どうしよう、なんで無いの……」

半泣きのＳさんを同級生が慰める。と、ひとりがぽつりと漏らした。

「もしかして、此処に住む鬼が持っていたんだったりして……」

「馬鹿じゃないの、もっと真剣に考えなよ」

「なんで鬼が靴なんか盗むのよ。単なる泥棒じゃん」

同級生の仮説はさんざんな言われようだったが、Sさんだけはその言葉に震えていた。

「ただでさえ毎年ここにくるたび怖い思いをしているのに、なんで靴まで盗られるのって。元気になってはしゃいでいたから、鬼が怒ったのかな……なんて妄想までしていました」

結局、彼女はキャンプ場にあったスリッパを履いて、帰りのバスへ乗る羽目になった。

「気を使ったバスガイドさんが慰めるつもりで〝大丈夫、ここの鬼は優しいって話だから。ちょっと悪戯しただけで、そのうち返してくれるわ〟と言ってくれたんですが……却って恐ろしかったですよ。恐ろしい形相をした鬼を想像して、絶望的な気分になりましたね」

お気に入りの靴だったのに、もう見つからないのかな。

そんな溜息まじりの嘆きは、翌春に覆される。


「ちょっと、コレどういうことよッ」

キャンプからおよそ八ヶ月が過ぎた、春のはじめ。Sさんは玄関先から叫ぶ母親の声で目を覚ました。

「ちょうど春休みだったので、寝坊が癖になっていて。寝床でウトウトしていたんです」

寝ぼけ眼をこすりつつ玄関まで向かうと、母親が薄汚れたかたまりを手に憤怒の形相で立ち尽くしている。

「お母さんね、いま町内会のドブさらいしてたの。そしたらコレが見つかったんだけど。キャンプ場で無くしたとか言って、本当は新しいのが欲しくて棄てたんでしょッ」

激昂に驚きながら、Sさんは母親の手許をしげしげと眺めた。

「あっ」

靴だった。

泥だらけではあったものの、キャンプ場で忽然(こつぜん)と消えた彼女の靴に間違いなかった。

「靴紐をもともと付属していたものから大好きな水色のものに交換していたんです。間違えようがありません」

あのキャンプ場から彼女の家まで、距離はおよそ六十キロ。付近を流れる河川の動きを考えても、辿り着くはずがなかった。

ふと、バスガイドの言葉が頭をよぎる。

ここの鬼は、優しいから。

そのうち返してくれるから。

「……本当だったんだ」

そろそろと母親に近づき、靴へ手を伸ばした。

絵本でよく見かける、柔和な笑顔の鬼が頭のなかに浮かんだ。どこか寂しげな表情が、友達の輪に入れない自分と重なったという。

ごめんね、やたらに怖がって。

まざりたかっただけなんだよね。

「あそんであげれば、よかったな」

そっと呟いて靴を受けとると、Sさんは指先で泥をぬぐった。

「……え？」

形がおかしい。

靴が、まるで固く絞った雑巾（ぞうきん）のように捻（ねじ）れ、渦を巻いている。

なんだ、これは。

沸きあがる不安を堪えながら、めいっぱい力をこめて靴の形を戻す。なんとか「それ」らしい形状になったと同時に、靴先から数個のちいさな欠片（かけら）が零（こぼ）れてきた。

骨だった。

粉々になった小動物の骨だった。

「……どうして靴が戻ってきたのか、そして捻れた形状や詰めこまれた骨にどんな意味があったのか……当然ですがなにも解りませんでした。でも、なんとなく直感したんですよ。あれは、優しい悪戯なんかじゃなくて」

もう来るなという警告なんじゃないかって。


その後、Ｓさんは小学校を卒業するまでの間、腹痛や法事と嘘をつき続け、キャンプに一度も参加しなかった。

大人になった今でも、あの場所には立ち寄る気がしないそうだ。

前掛

すこし似た話を、余所の地でも聞いた。

もしかしたらこの手の「戻ってくる」話は、我々が気づいていないだけで、自分たちも実はひそかに体験しているのかもしれない。


およそ半世紀ほど前の話である。

当時、小学生だったBさんは東北地方の山間部にある村で生活していた。とはいってもその暮らしは、我々が考えるような牧歌的なものではなかったと、彼は言う。

「農家だったもんで、両親は冬期になると東京へ出稼ぎに行き、家には私と祖父母だけが残るんですよ。ところがある年、オフクロがどっかの学生さんと駆け落ちしちゃってね。農家ったってコメと野菜を細々とやっているだけだったから、オヤジの稼ぎが頼みの綱になっちゃって。結局、東京で働いたほうが良いだろうってんで、オヤジはそのまま東京。私は祖父母と三人暮らしってワケですよ」

子供ながらに事情は察していたものの、それでも祖父母との生活は最悪だった。口数の少ない祖父、茶色い料理（煮つけや佃煮が幼い彼の目にはそう見えていたようだ）ばかり作る祖母。すきま風の吹く家、薄暗い便所、母も父もいない独りきりの寝床……。日常のすべてが閉塞感に満ちあふれていたと、Bさんは当時を振り返る。

「まあ学校は家よりなんぼかマシでした。子供は我が家の事情なんて関係ないですからね。それなりに仲良くしてましたよ。とはいえ、放課後の遊び場は貧相でしたが」

町と違って、村には下校時に立ち寄るような駄菓子屋も、きれいな遊具の並んだ公園もなかった。そのため子供らは放課後になると、村はずれの神社で遊んでいたのだという。

さして広くもない境内、遊ぶにしてもかくれんぼか鬼ごっこ、メンコやベーゴマ程度である。楽しそうに戯れる村の同級生らを横目に、Bさんは半ばうんざりしていたそうだ。

「よく、〝そんな田舎だったら山を駆け回っていたんでしょ〟なんて言われますが、山は大人の《仕事場》だったんです。子供が入ろうものならすぐに拳骨ですよ。だから我々は狭い境内で同じ遊びを繰り返すしかできなかったんです。退屈でたまらなくってねえ」

だから、あんな悪戯を思いついたんだろうなあ。

ある日のことだった。

いつもどおり同級生らとかくれんぼに興じていたBさんは、境内の片隅にならんでいる六地蔵の背後へ身を潜めた。神社に地蔵というのも奇妙に思えるが、どうやらその神社は明治以前、寺であったらしい。

「廃仏毀釈（はいぶつきしゃく）ってやつですよ。境内の藪には、割れた仏像だの本堂の装飾品らしき破片だのゴロゴロしてましたからね。そのなかで、どういうわけか地蔵だけが残ってたんです」

地蔵の背の陰にうずくまり、じっと鬼を遣り過ごす。しかし、隠れ方が拙（つたな）かったものか、Bさんはすぐに見つかってしまった。

「下手だなあ」

Bさんを笑っていた鬼役の子が、勢い余って口を滑らせる。

「やっぱりジジババと暮らしてると、ノロマになるんだな」

一瞬で頭に血がのぼる。気がついたときには、取っ組み合いの喧嘩になっていた。

「やめろ、やめろって！」

　年長の男児がふたりを引き離す。ほかの友人から羽交い締めにされながらも、Bさんは鬼役を蹴り続けていた。

「やめろって！　いい加減にしろよ！」

「なんだよ、最初にむこうがバカにしてきたんじゃねえか！」

「解ってる！　お前は悪くないから、まずは落ち着けって！」

　年長の言葉に、Bさんはようやく冷静さを取り戻した。見れば、目の前では鬼役の子が鼻血を流しながら泣いている。

　人をバカにしたくせに、ちょっと殴られたらピイピイ泣きやがって。

　思わず笑った次の瞬間、鬼役は涙目で罵声を浴びせてきた。

「……お前、神社だぞ。ここでそんな暴れて、神様のバチがあたっても知らねえかんな！」

　悔し紛れの台詞だとは解っていた。けれども、小馬鹿にされて笑い飛ばせるほど自分は大人ではなかったのだと、Bさんはいう。

「くっだらねえ！　バチなんか当たるわけねえだろうが！」

　そう叫びながらBさんは地蔵へ手を伸ばすや、真っ赤な前掛けを力任せに引きちぎった。

　周囲から、溜息とも嗚咽ともつかない声が漏れる。

呆然としている仲間たちを見わたし、Bさんはちぎった前掛けをポケットに捩じこむと、ひとりその場をあとにした。前掛けは、帰り道の川に放り捨てた。

「あのときの気分を、どう説明すれば良いんでしょうね……。村の閉塞感に勝ったような、自分から絆を断ち切った寂しさのような……まあ、なんとも言えない気持ちでしたよ」

それから間もなく、Bさんは父親に呼ばれる形で東京へと転校する。

「偶然でしょうけど、本当に村との縁が切れちゃったんです。父も、母のことを思いだすのが厭だったのか以来一度も戻りませんでしたね」

Bさんが再び祖父母の村を訪れたのは、それから実に三十年後。

「父が亡くなり、実家の土地を売り払おうという話が出まして。あ、祖父母はとうの昔に死んでいました。だから、相続人が私しかいなくなっていたんですよ」

村は、驚くほどに様変わりしていた。

道は舗装された広い車道になっており、家々も小綺麗な現代風の家屋に建て替えられている。木造の公民館が重厚な鉄筋の建物に姿を変え「ビレッジ・コミュニティセンター」という名称になっていたのには思わず笑ってしまったという。

思い出がまるでないのも、なんだか寂しいもんだな。

ため息をひとつ漏らしたと同時に、彼は思いだす。

あの神社。

そうだ。寺社仏閣であれば、そう大きく変貌を遂げてはいないだろう。

見慣れぬ道に戸惑いながらも、彼は記憶を頼りに神社までの道を歩き続けた。


予想どおり、神社はほとんど変わっていなかった。

変化があったとするならば、その寂(さび)れ具合だろうか。拝殿の屋根はやや傾ぎ、境内にはあちらこちらに背の高い雑草が茂っている。

参拝する人間が減ったのか、それとも管理する者がいなくなったのか。いずれにせよ、このままではあと十年もしないうち、廃墟同然になってしまうだろう。

思い出も、朽ちるんだな。

やるせなさに居たたまれなくなり踵(きびす)をかえした、その瞬間だった。

「ん」

ポケットへ突っこんでいた手に、妙なものが触れた。

ちいさな、布のような感触。

ハンカチだろうか。しかし、今日は持ってきた記憶などないが。

首を捻りながらポケットの布を摑み、するすると取りだす。

「……噓だ」

手のなかには、赤い布切れが握られていた。

確かにハンカチほどの大きさだが、市販のものではない。その証拠に、一辺が荒々しく引きちぎられている。

「どう見ても……あの日私がお地蔵様から奪った、前掛けでした」

思わず周囲の藪を見まわしたBさんは、視界の先にあるものを認めて、再び「噓だ」と叫んだ。

目の前に茂る雑草のなかに、六地蔵が立っていた。

ちょこんと屹立した容姿も、たおやかな笑みを浮かべた顔も、そして、引きちぎられた前掛けの残り部分もあの日のままだった。

「どう解釈して良いものかまるで解りませんでした。余裕があればポケットの布と地蔵の前掛けを合わせて、破れ目が合致するか確かめたんでしょうけど……」

そんな余裕は、ありませんでしたね。

Ｂさんは慌てて地蔵の前へ赤い布を投げ捨てると、逃げるように境内をあとにした。

それきり、村には足を向けていないという。

「たまにこの話をすると、〝心温まる話だね〟〝村との絆を感じて、感動するね〟なんて言う方がいるんです。まあ、その場では否定しませんが……私は違う気がするんですよ。あの境内、そして村内に漂っていた空気は、そんな穏やかなものじゃありませんでした。裏切り者を睨みつけているような、もしくは出戻りを拒んでいるような……」

殺意って、ああいう空気なのかなと思いますよ。

Ｂさんはそんな言葉で話を終えると、「ふるさとって、厭なもんですね」と漏らした。

塩彼

「はじめてカレシができたんですよ。大学一年のときでした」

Dさんが当時かよっていたのは、東北でも有数の国立大学だった。キャンパスは市内のあちらこちらに分かれており、別な学部の生徒と会う機会は少なかったらしい。

「そんな数少ない《機会》が新歓コンパなんです。サークル主催とか学部別とかいろいろありましたけど、なかにはコンパ主催を目的としたグループもあって。私が参加したのはそのうちのひとつでした。そこで、彼に出会ったんです」

彼の名前はヤスユキさん。寡黙な佇(たたず)まいが印象的な、東京出身の青年だった。

「そのコンパにいた他の男子は、先輩も同輩もなんかチャラくて。でも、彼だけは知的な雰囲気だったんです。顔立ちもけっこう美形で、気づいたら話しこんでいました」

若いふたりのこと、交際に発展するまでそれほど時間はかからなかったという。

やがて、Dさんはヤスユキさんのアパートに入り浸り、そこから通学するようになった。いわゆる半同棲である。

「学部が違うから、キャンパスでは会えないでしょ。自然とそうなった感じです」

彼との暮らしは幸せだった。他愛のないお喋りも、いつもヤスユキさんが一方的に勝つテレビゲームも、そして彼女にとってははじめての経験である身体のコミュニケーションも、すべてが満ち足りた時間であったという。

「このまま結婚するのかもな……なんて当時は思っていました」

甘かったですね。


幸福に翳(かげ)りが見えはじめたのは、交際から三ヵ月ほどが過ぎたある夜だった。

「彼のバイトが遅番の日だったんです。それで私、夕食の買い物を頼まれたんですけれど、うっかりお塩の袋を買い忘れたのに帰り道で気づいちゃって」

自分の粗忽(そこつ)さに呆れながら、Dさんは彼の部屋へ着いた。

「ところがね、台所の小瓶を見たら、お塩が三分の一くらい残っているんです。なんだ、このくらいあればお料理できるじゃん、ってホッとしていたんですが……」

帰宅したヤスユキさんは、塩を買い忘れたと知るや彼女を猛烈な勢いで責めはじめた。普段の物静かな様子が信じられないほどの激昂であったという。

ところが、その叱責の内容がどうにもおかしい。

「これじゃあお風呂に入れないじゃん、って言うんですよ。意味不明でしょ」

彼を宥(なだ)めながらDさんが根気強く理由を訊ねるうち、驚くべき事実が判明した。

ヤスユキさんは入浴のたびに、浴槽へ大量の塩を投入していたというのである。それも健康や美容のためではない。

「除霊なんですって」

彼によれば、「自分は〝視える〟体質なので、霊が救いを求めてウヨウヨ集まってくる。だから、それを浄化するには塩風呂が欠かせない」のだそうだ。

結局、その日は「バイト帰りでキツいのに憑かれたから動けない」という彼の意見を尊重し、Dさんがコンビニへ急いで塩を買いに出かけた。

「考えてみれば彼のアパートって築年数が新しいはずなのに、お風呂の排水溝や蛇口だけサビが浮いてたんですよね」

その日以降、彼は「自分の体質が彼女に受け入れられた」と思ったのか、心霊がらみの話題を積極的に話すようになった。とりわけ塩風呂に対するこだわりは並々ならぬものがあったようで、毎日のように多様な種類の塩を買ってきては浴槽へ大量に投入し、「今日の塩は効く」だの「あそこのヤツは高い割に除霊効果が薄い」などと感想を口にしたという。Dさんは心霊現象を肯定も否定もしない性分ではあったが、そんな彼女から見てもボーイフレンドの「こだわり」は、やや常軌を逸しはじめていた。

「だって、バイト代の半分近くが塩に消えるんですよ。デートだってしたいし、日用品も一緒に買い揃えたいじゃないですか。でも、そんな余裕なんて全然なかったんです」

不満はあったものの、Dさんは彼の塩風呂を責めることはなかった。もし生まれつきの体質で霊に悩まされているのであれば、彼に落ち度はない。むしろ被害者ではないのか。ならば、彼女である自分は哀れな被害者であるボーイフレンドを支えるべきだ。

そのように考えていたのだそうだ。

「ただ、ちょっぴり違和感はあったんですよ。私は東北の田舎町出身で、祖母(ばあ)ちゃんには〝お化けなんて別に怖くねぇんだから〟と教わった記憶があるんです。だから彼の態度がどうにも過剰に思えて」

東京の人ってずいぶん幽霊を怖がるんだな。

もしかして、こっちのお化けとは違うのかな。

Dさんのそんな疑問が氷解したのは、塩風呂を目撃してから一ヶ月後だった。


「沸いたよ」

その夜、Dさんはいつものようにヤスユキさんと部屋で過ごしていた。彼は帰ってくるなり「今日もヤバいのに追われたよ。ああ、風呂入りたいなぁ」と言うなりソファへ横になったまま、動こうとしない。

「風呂を沸かせと暗に言っているんだ……そう察しました。その日は、私も生理が重くて痛み止めの薬でぼおっとしていたんです。でも、それを言うと不機嫌になると思って」

ふらつきながら立ちあがり、浴槽へ湯を張る。

「でも、体調が悪い所為で……忘れちゃったんです。お塩を入れるの」

発覚したのは、彼が風呂に入って間もなくだった。

浴室のドアがカタカタと小刻みに揺れている。なかからは、派手な水音に混じって女の高笑いが聞こえていた。

「あ」

自分の失態に気づき、慌てて浴室へ向かう。

「ヤスくん、ごめん私さっき……」

ドアを開けたと同時に、Dさんは凍りついた。

ボーイフレンドが半目を開け、湯船で昏倒している。脱力した腕が湯船の縁をまたぎ、べろりと外へ四本垂れていた。

え？

四本？

「二本はカレシの腕だったんですが……残りふたつは、なにがなんだか」

見慣れぬ細長い腕だった。尖った爪と白い肌から、女の腕のように見えたという。

細い腕の手首には、肉の盛りあがったような傷跡が何十本と刻まれている。湯船の底で、髪のような無数の黒い繊維と、人形とも胎児ともつかぬ赤黒いかたまりが揺れていた。

嗚呼、解った。

こいつ、生まれつき霊感があったんじゃないんだ。以前、なにか物凄く恨まれることを女の子にやらかしたんだ。

「そっと浴室のドアを閉じて、自分の荷物をまとめると部屋を出ました。まあ、そのあとすぐに１１９番してあげたのは、最後の優しさですかね」

その後は彼とまったく連絡をとっていないため、どうしているのかは解らないという。

あの日浴室で見たモノの正体についても、Dさんに確かめる気はないそうだ。

「そういえば祖母ちゃん、お化けについて〝こっちが悪いことしてねぇのに、怖がる必要ねぇべ〟って言ってたんですよ。だとしたら、カレシの怯え方も納得できますよね。悪いこと、してたんですから」

ま、お風呂の件で解るとおり、〝しょっぱい彼氏〟だったわけです。

そう言うと、Dさんはぺろりと舌をだして笑った。

村怪

村の怪談には、独特の滋味(じみ)がある。民話のような懐かしさと、巷(ちまた)にあふれる怪談実話の定型にはまらない歪(いびつ)さが同居している。それらを拝聴するのが楽しすぎて、私はいまだに東北で暮らしているようなものだ。

特徴的なのは、村の怪談には「時間」がないことである。話者はたいてい高齢で、話の骨子は憶えていても、いつのことであったかひどく曖昧(あいまい)になっている。だが怪我の功名とでもいうべきか、それが却(かえ)って物語に幻想的な奥行きを生む場合も多い。日本によく似た別な国の出来事ではないのか、そんな話も少なくない。

この項では、そんな「おぼろげな村の話」を集めてみた。

矢車という屋号の家でうかがった話。

ある年の秋、その家の爺様が山へ茸採りに出かけようとした矢先、庭で足をもつれさせ派手に転倒した。大丈夫だと言いながら、足を引きずり山へ向かおうとする爺様を家族が止めた。あんのじょう爺様は足の骨を折っており、医者からは静養を言い渡された。人というのは不思議なもので、《養生していたほうが身体に障る》という者が稀にいる。爺様がまさにそういう人物だった。楽しみだった茸採りを諦め、寝たきりの生活を余儀なくされた日から爺様は目に見えて弱った。頑強であった身体はあっという間に萎み、油を塗ったように艶やかな肌は古紙のような色になった。そして、七日目の晩に爺様はあっけなく逝った。最期に漏らした言葉は「やまさ、いがねば」であったという。

翌朝、家族は悲しみに暮れつつも「葬儀の支度をしなければ」と、いつもどおり雨戸を開けて、仏間に陽の光を入れる。ところが雨戸をすべて開けた途端、みなは息を呑んだ。

庭いちめんに、数えきれないほどの茸が生えている。

昨日はただの一本も生えていなかったのを、家族全員が憶えていた。

「じいさま来ねぇがら、やまのほうから来たんだべ」

婆様の漏らした言葉に、家族は首肯せざるを得なかったそうだ。茸は、鍋にして葬式の席で振る舞ったと聞いている。

シンドウ婆の家では西瓜(すいか)を作っている。夏になると、中身のみっちり詰まった甘い実が畑いちめんにごろごろ転がっている。そして、それを狙って獣がやって来る。

いちばんの性悪は猿だという。ほかの獣はその場で食べるが、猿は抱えて逃げていく。しかも、人を見たところで怖がらない。牙をむいて唸り、噛みつこうとさえするらしい。

どうやって追い払うのかと問えば、爆竹を使うそうだ。火気と大きな音は苦手なようで、そのうち爆竹を手にしただけで逃げるようになった。

ある秋、婆が茄子(なす)をもいでいると耳許(みみもと)で「ばんっ」と大声がした。たまげて腰を抜かし、へたりこんだ直後、横を数匹の猿が走り抜け、籠から南瓜(かぼちゃ)を奪って木の枝に逃げた。

呆然とする婆様に向かって、猿はもう一度「ばんっ」と爆竹の声真似をしてから、人間そっくりの声で笑い、森のなかへ消えていったという。

翌年からは、爆竹も効かなくなったそうだ。


大八車というものがある。木の板に把手と大きな車輪がついた荷車で、時代劇などではよく米俵や炭が積まれている。怪我人や遺体を運んでいる場面も、たまに見かける。

与助の村にも一台の大八車があった。かつては消防ポンプを据えつけていたらしいが、消防車が置かれてからは、消防団の前に投げ捨てられている。

この大八車の上に、ときおり火の玉が浮かぶ。見た者の話では青い光がゆらゆら揺れているのだという。だが、この村では火事で亡くなった者は久しくいない。そもそも火事がない。ならばいったいその火の玉はなんであろうかと、みなが不思議に思っていた。

ある日、与助が夜道を家まで歩いていると、消防団の小屋にうすあかりが点っていた。誰かいるのかと目を凝らせば、青白い炎が空中で燃えている。驚いた与助は地べたの枝を掴み、その炎をつついたのだという。枝が触れた瞬間、炎はしゅうっと逃げるようにして飛びまわり、与助の着物のたもとへと滑りこんだ。慌てて着物を叩いたが、熱くはない。ぞっとして、与助はその場から走って逃げだした。

我が家に着くなり、与助はいましがたあった出来事を妻に語った。驚いた妻が「身体は大丈夫か」と訊ねた途端、与助はその場に崩れ落ち、そしてそのまま息絶えたという。

大八車は、翌朝に村の辻で燃やされた。それから不思議なことは起きていない。

嘶山（いななきやま）

山形県と宮城県の境に、Fという山がある。もっとも、その名前は宮城県側で呼ばれるもので、山形県ではGという名称がついている。要は同じ山でありながら、県ごとに別な名前で呼んでいるという、すこし奇妙な山なのである。

十年ほど前、Cさんはハイキングのためにこの山を訪れた。季節は初夏、青空が広がる晴天の日だったという。

汗ばむほどの陽気のなか、山頂を目ざして歩みを進める。好天のおかげで足どりは軽く、休憩地点の沢に到着したのは予定よりはるかに早い時刻であったそうだ。

ずいぶん時間が余ったなあ。

普段のハイキングならば、ひと休みしてからただちに出発する。だが、気持ちに余裕があったためだろう、Cさんは沢の周辺を散策しようと思いたった。

平たい岩場の連なる休憩場所から水を辿って上流へ進む。五分も歩かぬうち、穏やかな雰囲気であったはずの沢は、渓谷に両岸を挟まれた風景へと変わりはじめた。

沢へ被（かぶ）さるように渓谷を覆う草木。木漏れ日でまだらに光る川面。吹きこむ風はことのほか冷たく、とても夏間近とは思えない。頂（いただき）への近道でもないかと見あげてみたものの、人はおろか獣ですら容易には登れそうもない絶壁に、諦めざるを得なかったという。

あまり奥へ行ったら遭難しかねないな。

そろそろ戻ろうとCさんが踵（きびす）をかえした、その瞬間。

「ん？」

奇妙な音が聞こえた。

耳にした憶えのある、動物の鳴き声。

そうだ、馬だ。

これは馬のいななきだ。

何処から響いてくるのか耳を澄ましてみたが、渓谷に反響しているらしく声の在（あ）り処（か）は明瞭（はっき）りしない。

こんな山奥に、うま。

言葉が口をついて漏れる。途端、まるで返事をするように、遠くで聞こえていたはずのいななきが悲鳴じみたものに変わった。

風が強くなる。あたりの葉がざわざわと揺れ、山肌は笛に似た音を鳴らしている。気の所為(せい)だ、気の所為に決まってる。気の所為だ気の所為だ気の所為だ。呪文のように連呼しつつ、転ばぬよう慎重に石を踏みしめながら引きかえす。帰りの支度をはじめたと同時に、先ほどまで喧(やかま)しいばかりだった馬の声はぴたりと止んでしまったという。

数分後、Cさんは倍近い時間をかけて休憩地点の手前まで戻ってきた。岩場が視界に入る。安堵感で力が抜け、その場に膝をついた。

ここまでくれば平気だろう。それにしても……あの声は、いったい。

深呼吸で気持ちを落ち着ける。やがて、冷静さを取り戻すにつれて、Cさんは先ほどまでの狼狽していた自分が恥ずかしく思えてきたそうだ。

考えてみれば、ハイキングに適している程度の山なのである。妙な噂も聞かない。心霊スポットであるとか古戦場跡で多数の戦死者がいたというような、「それ」らしい謂(いわ)れも聞いた憶えはない。

臆病風とは、まさにこのことだな。

苦笑して、ふ、と視線を地面に向ける。

「あ」

影があった。

背後の太陽に照らされて、Ｃさん自身の影が長く伸びていた。

その頭部に、角のような長い突起が見える。詰め物でもしているかのように膨らんだ肩、ごつごつと筋張った腕、全体的に歪な身体のフォルム。

慌てて自分の服装を確かめたが、影とは似ても似つかない軽装である。

驚きながら再び影に目を落とすなり、Ｃさんは「あ」と再び声を漏らした。

知っている。この影によく似た形のモノを、自分は知っている。

鎧だ。

これは武者鎧だ。

今度は転ぶまいと気を使う余裕などなかった。

何度も転倒して擦り傷だらけになりながら、Ｃさんは一気に麓まで下りたという。

後日、Cさんはその山が地元では水霊信仰で知られる霊山であり、かつては修験者が修行を積んだ場であると知った。また山形県側には、佐渡島へ流されたとされる皇族が落ち延び、隠れ住んだという伝説が残っていることも判明した。

無論あの日に見た影との関連は不明であるが、二度と行くつもりはないそうだ。

村人

テレビマンのIさんは、東日本のとある寒村を年に一度かならず訪れている。

はじめてその地を訪問したのは、いまからおよそ十年前。ロケハン（ロケ地を選定するための下見）で国道を走っていたところ、遠くに見える茅葺(かやぶ)き屋根がたまたま目に入り、その村の方角へ無意識にハンドルを切ったのがきっかけであったそうだ。

村は、四、五十代の住人数名と高齢者で構成された、いわゆる限界集落だった。産業と呼べるものはほとんどなく、農業もわずかなコメを作っているだけ。大半は年金か近隣の町へ勤めに出ている。そんな、何処にでもありがちな状況の村であったようだ。

「で、まあロケ地としては使えなかったんだけどさ。翌年、そういう過疎地域をテーマにとりあげる番組を任されてね。それで、あの村ならピッタリだと再度訪問したわけよ」

それ以来、彼は毎年その村に足を運んでいるのだそうだ。

「……え？」

彼の体験談が終わってしまい、私は唖然とした。

怪談どころか、不穏な雰囲気さえ登場しない。聞いたのは、「ひとりのテレビマンがある村に行くようになりました」という、ただそれだけである。

なんだ、この人。なんだったんだ、いまの話。

呆気にとられる様子を見て、彼がニヤリと笑った。

「このクソオヤジ、なに考えてるんだってツラしてるねえ」

「そりゃ、そうですよ。あの……失礼ですが、冗談で私をお招きいただいたのであれば、これで失礼したいんですけれど」

憤る気持ちを堪えて立ちあがりかけた私を、Iさんが手で制した。

「まあ落ち着いて。たぶんコレ、あなたが欲しがっているタイプの話だから」

言葉の意味が理解できぬまま、座り直す。彼は満足そうに二、三度頷いてからメガネを外し、ぐい、と顔をこちらへ近づけた。

「……俺、どうしてその村に毎年顔を出しているんだと思う？」

　奇妙な問いかけに、思わず口籠(ごも)る。

「む、村人とのあたたかな交流とか。もしくは、長年追いかけたい取材対象者がいるとか」

　懸命に答えを捻(ひね)りだしたものの、どうやら不正解であったらしい。Ｉさんは再び笑って、首をゆっくり横に振った。

「普通ならそんな風に考えるよね。でも、残念ながら大外れだ。実は……そこの住人さ」

　行くたびに顔が変わっているんだよ。

「名前も職業も年齢も住んでいる家も一緒なのに、毎年顔がすっかり違うんだよ。けれど、誰もそのことに触れないんだよ」

　これってなんなんだ。

　いったい、あの村でなにが起きているんだ。

　そんな言葉をちいさく零(こぼ)して、Ｉさんはさらに顔を近づける。そのときはじめて、私は彼の表情に畏(おそ)れの色が浮かんでいると気がついた。

「今度あの村を訪ねるときは、あなたにも連絡するよ。良かったら一緒に行ってくれ」

　それから一年と七ヶ月。いまのところＩさんから連絡はきていない。

知人を介して確認したところ、私と会って間もなく、彼は長年勤めたテレビ局を辞めて独立したらしい。ただ、その後の動向は知人も知らないとの話だった。

もしも連絡が届いた暁には、私は彼とその村へ行ってみようと思っている。

続報を、お待ちいただきたい。

河童(かっぱ)

「私、お化けとか怖くないんですよね」

屈託のない笑みを浮かべ、Mさんは言った。

発言の意味をはかりかねたまま、私はつられて愛想笑いを返す。テーブルに置かれたコーヒーにはまだ手をつけていない。なのに、口の中がやけに苦く感じた。

「不思議な体験をした同僚がいる」

知人はそう言って、目の前に座っている中年女性、Mさんを紹介してくれたはずである。その言葉を信じ、私は関東近郊のとある町まで足を伸ばして、駅前にある喫茶店で当のMさんと会い、いままさにその不思議な体験をうかがおうとしているのだ。

しかし、冒頭の言葉を鵜呑(うの)みにするならば、彼女は「不思議な体験」を不思議と思っていない。「お化け」を怖いと感じていない。それはいったいどういうことなのか。

もしや、よくいる《霊感系》なのかな。

私はひそかに身構えた。「自分には霊感がある」と宣(のたま)い、これまで自分が見てきた数多(あまた)の心霊現象を次から次へと披露する……その手の取材対象者には、これまでも何人かお会いした経験がある。そして、非礼を承知で申しあげるなら、そのうかがった話の八割がたは「使えない」話であった。

まるで、怖くないのだ。

確かに、その手の方が語る体験談において心霊現象は起きる。浮遊霊だの地縛霊だのにはじまり生霊や水子、果ては低級な動物の霊まで、驚くほど綺麗にカテゴライズされた幽霊がオールスター戦さながらにあらわれる。

だが、肝心の話者はまるで怖がっていない。霊の種類を見極め、それらと対話、または除霊をおこなうものの、其処に恐怖心はない。語られる中身は「視える私」の誇示ばかり。

それは怪談ではない。似て非なるものだ。

しかし、厄介なことにその手の方ほど自尊心が強い。「それは単なる勘違いでは」などと声をかけようものなら「あなたには霊感がないから解らないだけだ」と激高し、こちらを無能呼ばわりしたあげく、憤怒の表情を浮かべて取材場所から立ち去る。私には、そんな経験が何度かあった。ゆえに私はMさんの台詞を聞いて身構えたのである。（誤解を避けるために補足させていただくなら、視える方のすべてがこの手の人間だということではない。多くの方は思慮深く、生者と死者のつながりを大切にする、常識人である）

ところが、こちらが遠回しにその旨を伝えるや彼女は大笑いしながら否定した。

「違います違います、そんな意味じゃないですよ。第一、私は霊感とかありませんし」

目尻の涙をぬぐいながらそう言うと、姿勢を正して本題を話しはじめた。

彼女がまだ五歳のころ、今から半世紀ほど前の話だそうだ。


当時、彼女は東日本の集落に両親と祖母の四人で暮らしていた。

「ドラマに出てくるような呆れるほどの田舎ではなかったけれど、町と呼ぶにはちょっと牧歌的な場所でしたね。道はところどころ舗装されていませんでしたし、タヌキやシカも頻繁に見かけました。当然ながら娯楽施設なんてありません。それどころか買い物できるお店すら集落に一軒だけ。まあ当時はそんな光景、珍しくなかったんですけどね」

その、たった一軒の商店へ買い物に行くのは幼いMさんの役目であったという。醤油、煙草、乾電池。お釣りが多い場合は、駄菓子を買う許可を貰えることもあったそうだ。

店主は祖母と同級生の老女で（もっとも、老女というのは当時のMさんから見た印象である。たぶん年齢は五十歳代だと思われる）、屈託のない笑顔が印象的な女性であった。昔から仲が良かったのか、ときおり祖母はMさんとともに商店を訪れ、店主と他愛もない話をしていたという。

「その話が長くてね。二人にとっては楽しいんでしょうけど、子供の私からすれば退屈で……だから、その店に行くのが私はあまり好きではなかったんです。もっとも……嫌いな理由はほかにもあったんですけれど」

家から商店まで続く道の途中には、ちいさな沼があった。もとは貯水用に作られたとの話だったが、上水道が完備されてからはその機能も失われ、Mさんが物心ついたころには、緑色をした水がよどむ、水草だらけの不気味な沼になっていたようだ。

其処から、ときおり妙な声がする。

聞こえる時刻は、きまって夕暮れから夜にかけて。沼の傍（かたわ）らを歩いていると水の奥から、キュルッ、キュルッ、と、床を磨くような音が聞こえる。沼を通り過ぎるまでの、およそ一分ほどの間に音は次第にその数を増し、沼を背にする頃には合唱さながらに大きくなる。

そんなことが、これまで何度かあった。

「田舎暮らしですからね、蛙や虫だったら子供でも解りますよ。あの声は絶対に違います。もっと……感情があるっていうのかな、こちらへ話しかけるような雰囲気でした」

子供心にも不穏なものを感じていたのだろう、その沼の横を通る際は、無意識のうちに足どりが早くなっていたそうだ。


ある、夏のはじめ。

人形遊びに熱中するあまり、Mさんは母親から頼まれていたお使いをすっかりと忘れてしまったのだという。

「お砂糖だったんですけどね。〝これじゃ晩ご飯が作れないでしょう〟って母親は大激怒、大急ぎでお使いへ行くことになっちゃったんです」

夏とはいえ、すでに陽は山の稜線に沈みかけている。商店から戻るころには、すっかり暗くなっているのは明白だった。

ふと、沼の声が頭をよぎる。

「行くのは厭でしたけど、だからって、手ぶらで帰ったらますます怒られるでしょ。変な声と母親のカミナリだったら、後者のほうがよっぽど怖いですから」

だいじょうぶ、べつに襲われるわけじゃないんだから。

おおきく深呼吸をしてから、Mさんは勢いよく駆けだした。

「でも、そういうときにかぎってお店のおばちゃんがしつこいんですよ。お祖母(ばあ)ちゃんは元気か、次は一緒に来てくれ、なんてお喋りが延々続いて。子供だから、話を終わらせるタイミングもよく解らなくて」

結局、店を出たころには陽がとっぷりと暮れていた。

往路以上に早足で進む。焦る彼女をからかうように月が群雲に隠れ、道が青黒く翳った。息があがる。足が痛い。抱えた砂糖が、やけに重く思えたという。

やがて、あの沼が前方に見えてきた。

だいじょうぶ、だいじょうぶ。走ればすぐに通り抜けられる。

自分に言い聞かせて、Mさんは歩みを速めた。

視界の脇に沼が映る。見ないように思わず目を瞑(つむ)った、その瞬間だった。

キュルッ。キュル、キュルッキュルッキュルッキュギギギギギギ轍に嵌まったタイヤの軋みを思わせる声が、すぐ真後ろから聞こえた。驚きのあまり、思わず足が止まったと同時に、なにかが踝を、きゅ、と摑んだ。

濡れたゴム手袋のような、冷たい無機質な感触だった。

「その後のことはよく憶えていません。気がついたときには、大泣きしながら玄関の前に立っていたそうです。あんなに大事に抱えていたお砂糖も、どっかに落としてきちゃって」

当然ながら、母親には烈火のごとく叱られた。

砂糖は翌日、ぼろぼろになった袋だけが沼野ほとりで見つかったという。

「……それ以来、あの店に行くのが本当に嫌いになっちゃって……お使いを頼まれても、お腹が痛いとか熱があるみたいと嘘をついて誤魔化していたんですが、子供の嘘ですからすぐに見破られて。ある日、とうとう母親から拳骨をくらっちゃったんです」

母親は、Mさんへ「すぐにお味噌買ってきて」と怒鳴った。

「厭だ」などとはとても言えない空気が流れる。と、涙目で黙っていたMさんのもとへ、祖母が笑いながら声をかけた。

「どれ、ばあちゃんも一緒に行ってやる」

だいじょうぶ、だいじょうぶ。

まだ、夕暮れにずいぶん時間があるし。なによりお祖母ちゃんが一緒だもの。

そんなMさんの願いは、店に着くなり打ち砕かれてしまう。

「お店のおばちゃんと祖母、久しぶりに再会……といっても一ヶ月かそこらなんですけど。とにかく、久々に顔を合わせたもので、いつもの長話がさらに長くなっちゃって。お味噌ひとつを買い終えるまでに、二時間あまりが過ぎていたんです」

店を出ると、あたりは西日で真っ赤に染まっていた。

思わず、祖母の手を強く握りしめる。

「あれ、どうした」

微笑(ほほえ)む祖母へ、なんと説明して良いものか解らぬずに口ごもる。その様子を見て「早く帰りたがっている」と誤解したのか、祖母は「さ、急ぐべ」と手を引いて歩きだした。

違うの、違うのばあちゃん。

声をあげられぬまま、Mさんは暮れなずむ道へ足を踏みだした。

「そんな日に限って……狐(きつね)の嫁入りって知っていますか。晴れているのに、雨がざあざあ降り出したんです。沼のあたりに着くころには、もう道も私たちもビショビショで」

雨は五分ほどで止んだものの、道はずいぶんとぬかるんでおり、走ることも侭ならない。ぐちゅぐちゅと靴の底を鳴らしながら、歩みを進める。出ないで、出ないでと祈りながら、Mさんは歩き続けた。

「むなしい祈りでしたね」

沼の脇を半分ほど過ぎたあたりだったという。

キュル、キュル。

あの声が、沼のほとりから聞こえてきた。

身が竦む。繋いだ手をいっそう強く握ると、彼女は祖母へ「ばあちゃん」と泣きそうな声で救いを求める。

「どうした」

「あの、声……」

Mさんの懇願に、祖母が立ち止まって耳を澄ます。応えるように、再び沼のあたりから、キュキュキュキュ、と複数の声が響いた。祖母も気づいたらしく、沼をじっと見つめている。

「にげよう」

恐怖におののいたMさんは、祖母の手を強引に引っ張った。

ところが。

そんな焦る彼女に反して、祖母はきょとんとしたまま周囲を見わたしている。

ばあちゃん、なんで逃げないの。耳が遠くて声が聞こえないの。

なおも袖を引き続けていると、ようやく祖母がこちらを向いて「なした」と訊ねてきた。

「この声」

「ああ」

納得したように何度も頷いてから、祖母は「コイヅは、河童だ」と、呟いた。

「……かっぱ」

Mさんの惚(ほう)けた台詞に、再び祖母が首を縦に振った。あたりには、なおもキュキュルと
声がこだましている。

「このあたりは河童が居るんだ。んでもヨ、昔サ比べたらずいぶん少ねぐなったんだ」

しみじみとした言葉に、呆然とする。

「……ばあちゃん、おっかなくないの」

「なんだか知らねぇモンならおっかないけんどヨ、河童だって解ってんでねえか。名前も正体も明瞭(はっき)りしてるのに、どうして怖がるの」

祖母が静かに笑う。

途端、それまで震えの止まらなかった膝が、ぴたりと落ち着いた。

嗚呼(ああ)、そうか。

怖いものは、なんだか解らないから怖いのか。

ならば、河童だと判明しているこの声は。

「怖くないね」

Mさんの漏らした言葉に、祖母が「んだ」と答えた。

いつの間にか声は止んでいる。空には丸い月がぽっかりと浮かんで、家までの道を白く照らしていた。

「……それ以来、怪談話を聞いても〝でも、それ正体が解ってるんだよね〟と考えると、なんだか醒めちゃって。だから私」

お化けが怖くないんですよ。

Mさんはそう言って、ちょっと困ったような顔をして微笑んだ。

沼は、彼女が郷里を離れる直前に埋め立てられてしまい、現在では跡地に鉄塔が建っているという。くだんの商店も女店主の死を機に閉店し、いまは跡形もないそうだ。

雪女

オン婆(ばあ)が自分の父親から聞いた話というから、昭和初めの話になるだろうか。

ある年の晩秋、村にひとりの男がふらふらやって来て、四つ辻でばたりと倒れこんだ。慌てて村の者が駆けよってみれば、蓑(みの)も笠(かさ)も（オン婆の父親の時代、蓑笠はごく普通の防寒具であったそうだ）つららと見紛(みまご)うほどにぴっしり白く凍りついている。髭(ひげ)には霜がおり、肌も沼の水のように青くなっていた。

冬の最中ならばともかく、里はおろか山にさえ雪の便りはまだ届いていない時分である。はて、この男はいったい何処でどんな目に遭ったのだろうと、村人はたいそう訝(いぶか)しんだ。

「おんなぁ、おんなぁ」

男は介抱されながら、そのようなうわごとを何度も繰り返したという。

翌朝、男はようやく正気を取り戻す。

なにがあったのか訊ねると、男は自身の体験した出来事をとぎれとぎれに語りはじめた。

彼いわく「自分は山ふたつ離れた先にある村の者で、数日前、実姉が嫁ぎ先で亡くなったとの報せを受け、亡骸(なきがら)を迎えに行くために山を越えていたのだ」という。

本来なら報せを受けたその日に向かうつもりが、いろいろと手違いが重なってしまい、出発が遅れに遅れてしまったのだという。そのため、少しでも早く着くようにと、山道を選んだのだと、男は続けて話した。

山越えといってもそれほど険しい道ではない。加えて、幸いにも天気はここ数日晴れている。日のあるうちに先方へは到着するだろうと考えていたらしい。

ところがその道中、男は不思議なモノに遭遇してしまう。

女、である。

峠をくだりはじめた矢先、男は目の前の道に立つ、真っ白な着物姿の女に気がついた。

女はこちらへ背を向けており、若いのか老いているのか解らない。腰のあたりまで伸びた髪だけが、枯木だらけの秋の山にひどく浮いて見えたという。

当然ながら、男は怪しんだ。麻半纏（あさはんてん）や絣（かすり）の類ならばともかく、山中で白装束など聞いたためしがなかったからだ。よく見れば、女の周囲に生えている樹々の細枝は風にぐらぐら揺れているのに、女の髪はそよぐ気配すらない。

迷った。

あきらかに人ではない。あの手のモノには近づかないにかぎる。だが、それでは死んだ姉に会えなくなってしまう。いまから里へ戻って別な道を進むわけにもいかない。

ええい、ままよ。

男は意を決して、腰に結わえた巾着から煙草（たばこ）入れを取りだすと、煙草の葉をひとつまみ握りしめた。狐狸（こり）の類は煙草のにおいを酷（ひど）く嫌うと聞いた憶えがあったためである。

ところが、女の肩へ触れるまで数歩ばかりの距離に近づいた途端、女は不意にこちらへくるりと向き直って、ちいさく身体を震わせた。俯（うつむ）いており、顔はあいかわらず見えない。ぎょっとしているうち、あたりの空気がやけに寒くなった。

木枯らしか。この寒さで女も震えているのだろうか。

ならば、この者はやはり人間なのではないか。なにかしら、やんごとない理由があって山にそぐわない格好をしているだけなのではないか。

ふと気が緩み、握った煙草が指から落ちる。男の足が止まったのとほぼ同時だった。

女の口から、くっ、くっ、と呻くような声が漏れた。

「あ」

男は気がついた。女は、震えているのではない。

嗤っているのだ。

瞬間、男いわく「尻の穴に氷を押しこまれた」ような寒気が身体を襲った。思わず身を竦める。それが合図であったかのように、女がおもてをあげた。

白かった。

安い白粉を乱暴にはたいたように、睫毛も唇の皺も、女の顔はいたるところが白かった。

女は面長の顔を亀のようにぐぐぐぐぐぐと近づけるや、身体をこわばらせる男の耳へ唇を近づけ、は、と息を漏らした。

吐息が耳に触れた瞬間、悪寒とも眠気ともつかない感覚が身体の芯から一気に広がった。

歯の根があわない。肌が痛い。指先に痺れが走る。

男はほとんど這うようにして女の横をすり抜け、何度も転びながらその場を逃げた。

里を目指す間にも、何度となく意識が遠ざかった。そのたび男は「もう一本、目の前のあの木もう一本ぶんだけ前に進んだら休もう」と自分を騙し続けた。

「そうやって、なんとかこの村まで……」

そこまで一気に語ると、よほど疲れたのか男は目を閉じて再び眠りはじめたという。


やがて、話を聞き終えたある長老が「それはユギジョロではないか」と言いだした。

ユギジョロとはこの一帯に伝わる化け物で、漢字では「雪女郎」と書くらしい。雪山にあらわれては旅人の命を奪ったり、反対に村を訪ねてきて家の中へ押し入るのだという。若い女性の姿だという説もあれば、醜い老婆であるという説もあった。いずれにしても、出会った者はただではすまないという。

山で遭遇した白い着物の女、季節にそぐわない寒気、そして、凍りついていた男の蓑笠。どう考えてもこれはユギジョロとしか思えない。長老はそのように宣った。

ところが、この意見にひとりの若い衆が異を唱える。

「それは幽霊ではないか」というのだ。

「ユギジョロは妖怪、つまり架空の存在である。この世に妖怪などという非科学的なものが居ようはずもない。だが、幽霊とあれば話は別だ。きっとその女こそ、男が引き取りに行こうとしていた姉の亡霊なのではないか。弟の不義理を嘆いて姿を見せたか、もしくはひとり死んだ寂しさのあまり、肉親もあの世へ道連れにしようとしたに違いない」

若衆はそう説明すると、意を得たりとばかりに胸を張ったのだそうだ。

——どうして妖怪は非科学的で幽霊は科学的なのか——。

理屈がいまいち納得できなかった私は、オン婆にその旨を伝えた。もっともオン婆とて父親から聞いただけの話であるのだから、答えられようはずもない。

「昔っても昭和のアタマだがらの、狐が化かすとか天狗に攫(さら)われるなんてのは、もう誰も信じながったんだべい。でも人は死ぬがらの。幽霊は〝居るような気がした〟んでないの」

そんな、歯切れの悪い返事をもらった憶えがある。

話を戻そう。

若衆の意見に村人の多くは賛同した。オン婆の言葉ではないが、妖怪変化よりは幽霊のほうがリアリティを持って受け止められたらしい。

ともあれ男が回復した暁には、くだんの村へ送り届けなければなるまい。

もし男の前にあらわれたのが姉の幽霊ならば、再会を果たせば成仏するだろう。話し合いはそのような意見でまとまった。ただひとり、ユギジョロ説を開陳した長老だけが「なんでもかんでも幽霊にしては、おがしぐなるぞ」と、ぼやいていたらしい。

かくして数日後、復調した男は若衆に連れられて村を離れ、姉の嫁ぎ先へと到着した。同伴した若衆によれば、仏間に横たえられた男の姉は、生きているのではないかと思うほどに綺麗な顔立ちであったという。長い黒髪をひときわ鮮やかに映えさせる、真っ白な経帷子（きょうかたびら）が印象的であったそうだ。

そのさまを聞いた村人はみな、「ああ、やはり男が出逢ったのは姉の幽霊であったか」と、頷いたそうである。

ところが。

季節がぐるりと巡った翌年の夏、ひとりの行商人が村へとやってきた。

ほうぼうをまわって置き薬を売りさばく、いわゆる越中富山の薬売りである。とはいえ訪れただけで薬が売れるわけではない。子供らには紙風船や千代紙を配り、大人たちには余所（よそ）で見聞きした珍しい話を語る。いわば、おまけの「土産（みやげ）」込みで商売をするのである。

その夏に来た行商人もまた、そんな薬売りのひとりだった。

置き薬の代金を支払いながら（富山の薬売りは先ず薬を置いていき、使った分の代金をあとから徴収する仕組みなのである）村人が「なにか、変わった話はあるかね」と訊ねた。

薬売りはしばらく東京や大阪の話をしていたが、不意に「そういえば、此処に来る前の村で、奇妙な話を聞いたぞ」と告げた。

「なんでも数日前、村の男が亡くなったらしいんだがね。その死に方がどうにもおかしなものだったそうだ。その男、朝方に布団のなかで冷たくなっていたところを発見されたというんだが……この夏の暑い盛りだというのに」

睫毛や髪に、びっしり霜がおりていたと言うんだな。

薬売りにさらなる詳細を訊ねた村人は、その死んだ男こそ昨秋に村へやってきた男だと確信した。一連の話を聞いて薬売りはたいそう驚いていたが、「これでまたひとつ、余所で話す土産話が増えたよ」と満足そうに言うと、丸薬の袋をひとつおまけしてくれたそうだ。

「男の言っていた女は、幽霊ではなくユキジョロであったか」

「長老の言葉どおり、なんでも幽霊にしてはおかしくなるのだな」

薬売りを見送りながら、村人は顔を見合わせて頷いたそうである。
昭和もはじめの、出来事だそうだ。

親指

「オシラサマ？」

「は？　なんスかそれ」

「岩手県を中心に伝わる神様というか精霊というか……そういう存在だよ。遠野物語にも登場するだろ」

「知らないッスね。海物語だったら解るけど」

「……君が行った神社はオシラサマではないの？」

「あぁ、惜しいって感じッス。オレの見たのはオシラセサマです」

「はあ……」

以上の脱力感漂う会話は、私と今回の話者、Ｋ君のやりとりである。

この原稿を書く数日前。私は知人の忘年会に招かれ、東北のＳという大都市にある台湾料理店へと足を運んでいた。初めてお会いする方々も多く、あわよくば怪談のひとつでも収集できればと企んでの参加だった。

その席上、たまたま隣に座った青年がいた。彼こそが冒頭の会話の相手、K君である。

「オレ、変な体験ありますよ。オシラセサマって知ってますか」

そして、彼のこんな唐突きわまる告白に驚き口にしたのが、はじめの台詞というわけだ。

話は、五年ほど前にさかのぼる。

きっかけは、この年代の青年にありがちなものだった。

そう、肝試しである。

「八月だったかなあ。ダチ数人が集まってスロットの新装（開店）打ちに行ったんスよね。まあ結果は勝ったり負けたりボチボチで。で、あんまり盛りあがらなかったんで〝なんか面白いことして解散してえなあ〟ってハナシんなって。したら、ひとりが〝心霊スポット行こうぜ〟って言いだしたんスよ」

友人いわく、此処から車で三十分ほどの場所にちいさな祠（ほこら）があるのだという。その祠は田んぼのなかにぽつんと聳（そび）えており、一見すると村の鎮守の名残（なごり）としか思えない。しかし、其処はちょっとしたいわくつきの場所であるらしい。

「オシラセサマだっつうんスよ」

その祠の前で写真を撮ると、未来が写る。友人の周囲では、そんな噂がまことしやかに囁かれていた。

「ンだ、つまり未来を知らせるからオシラセサマって名前なのか?」

「じゃねぇの。オレはあんまよく知らんけど」

「なに、ソレって死期が見えるとかってハナシか?」

「知らねぇよ」

「あ、じゃあ成長した姿があらわれるとか。写真のオレらが爺さんになってるとか」

「だから知らねッてんだろうが」

「ッんだよオメエ、なんにも知らねぇじゃねえか」

「しょうがねえべや、オレだって名前を聞いただけだもの」

「んだそりゃ、あいかわらず使えねぇなオメエは」

「あ? やんのかコラ」

喧嘩になりかけたK君と友人を、ほかの仲間が諌(いさ)める。

「馬鹿かオメエら。そんなの行ってみりゃあ良いだけだべや。どうすんだ」

仲間の仲裁に、ふたりが無言で頷く。

こうして、肝試しがはじまった。


夜の農道は、いちめんの暗闇だった。

周囲には灯りひとつない。見えるのはヘッドライトに照らされた砂利道と、その両脇にぼんやり浮かぶ青々とした稲穂ばかりである。

「で、そのオシラセサマって何処よ」

「いや、確かにこのへんだって聞いたんだけどなぁ」

「何処も彼処（かしこ）も田んぼだらけで、探しようがねぇぞ」

狭い車に大の男が四人、ぎゅうぎゅう詰めで乗っている。息苦しさは苛立ちに変わり、車内の空気は次第に険悪なものになっていった。

「ッたく。なんでスロット勝ったのに、こんな罰ゲームみたいな真似してんのオレ」

「オレは負けてんだよ。憂（う）さ晴らしでもしねぇと寝れねえべや」

「ハッ、憂さ晴らしが迷子か。オメエは幼児か。はじめてのおつかいか」

「あ？　今度こそやんのかコラ」

Ｋ君と友人が胸ぐらを掴みかけた、その瞬間。

「おい、アレ。アレアレアレ」

運転手が前方を指さして叫んだ。全員がフロントガラスの向こうへ視線を移す。

「あ」

やや土手になった畦道の行き止まりに、杉の木が一本立っている。そして、その根元に子供ほどの大きさをした鳥居と、石造りの祠が置かれていた。

「……此処だ」

畦の手前に車を停めてエンジンを切り、畦を歩きはじめる。地形上、真正面からヘッドライトで照らすことができず、祠の上半分だけに光が当たる形になった。

「なんだか……ぶった斬られた祠が空中に浮かんでいるみたいで、ヤバかったッスよ」

もっとも、盛りあがったのは到着するまでだった。いざ着いてみると、祠はおどろおどろしさが微塵も感じられない平凡なものであったという。

「だってよく見たらコンクリなんスよ、祠。どっかの石材店が最近作ったみたいな感じで。

こういうのって、普通は苔の生えた石とかでしょ。オレ、なんだか興ざめしちゃって」

ほかの仲間もすっかり飽きたのか、「オラ、祟れよ」と言いながら祠を足先で蹴ったり、杉の木に立ち小便を引っかけたりと不遜なふるまいを楽しんでいる。

「……なぁ、眠くなってきたし。そろそろ帰んべや」

「お、じゃあせっかくだし。最後に写真撮ってみっか」

「そうだそうだ、オシラセサマだもんな」

ジャンケンに負けて撮影役になったK君を残し、三人が祠の脇に立つ。

「ピースか？　こういうときはピースか？」

「馬鹿、ジョシコーセーじゃねぇんだから。もっと格好良いのあんべや」

「お、じゃあこんな感じか？」

そう言うや、ひとりが親指をグッと突きだして拳を握った。欧米で「グッド」の合図に使われるようなジェスチャーである。「古くね？」「うっせぇ」などと笑いながら、全員が親指を突き立てた。

「じゃあ、撮るぞ」

K君が携帯電話のレンズを向けると、仲間たちがふざけた表情を作って応えた。

暗闇にフラッシュが二度、三度とまたたき、シャッター音が静寂にこだました。

「おお、どうよどうよ」

「心霊写真、撮れてっか」

「馬鹿、心霊写真じゃなくて未来だべや」

騒ぎつつK君のもとへ駆け寄り携帯電話を覗きこんだ三人の表情が、一斉に固まった。

「なにこれ」

正面から見て、いちばん右側に立っている友人。その親指がアルファベットの《V》を逆さまにしたように、ぐんねり曲がっていた。

溶けた水飴を思わせる、やわらかな曲がり方だったという。

「……動いたんで、ブレたんじゃゃね？」

K君の言葉にも、誰ひとり返事をしない。くだんの友人が微動だにしていなかったのは、此処にいる全員が知っていた。

「未来……なのか？」

「つまり、このあとでオレは指を怪我するってぇのか」

「怪我なら良いけど」

「……なんでオレだけ」

「オメエ、さっき祠を蹴ったべや」

「そんなら、テメェだって小便したじゃねぇか」

「だから呪いじゃなくて未来だって言ってんだろうがッ」

K君の怒声に、言い争っていたふたりが口を噤んだ。

沈黙が流れる。帰りの車中も、口をきく者はいなかった。

「そんな感じッス」


「ええと、それで親指が奇妙な形に写ったご友人は、いま……」

唐突な話の終わりに戸惑った私は、メモ帳から視線をあげてK君に訊ねた。

「あ、別にアイツの指はなんもなかったッス。その後も普通に働いて、職場の姉ちゃんと結婚して、子供も三人できました」

にこにこと微笑む彼に愛想笑いをかえしつつ、私はひそかに落胆していた。

不謹慎なのはじゅうぶん承知しているが、この話は「弱い」のだ。

この手のネタならば、せめて友人が親指を切断するほどの大怪我を負うか、さもなくば死んでもらわないとパンチに欠ける。「変な写真が撮れました、はいオシマイ」だけでは、目の肥えた最近の読者は納得しない。追加取材をおこなって、臨場感のある現場の描写を工夫してみたところで「まるで怖くない」「迫力に欠ける」「とうとうネタ切れか」などと酷評されるのがオチである。

意外性もないし、今回は見送りかな。私は当初、そのように考えていた。

ではなぜ、この話が本書に掲載されているのかといえば、別れ際にK君が以下のような台詞を口にしたためである。

はたしてこれがオシラセサマでの出来事と関係あるのかどうか、私にはいまいち確信がもてない。無理矢理こじつけて書くこともできるが、不誠実に思えて気が乗らなかった。なので、最後に彼の言葉を紹介してこの話を終えたいと思う。関係あるか否かは、読者諸兄が各々判断していただきたい。

ちなみに、オシラセサマは現在も同じ場所にあるそうだ。

「あ……あとコレ関係あるか解んねぇッスけど。そのダチがオレらと神社に行った翌週ね、ソイツのオヤジさんとオフクロさん、自動車事故でふたりとも死んだんスよ。なんでも、ダンプと真っ正面からぶつかったらしくて。首の骨が折れて即死だったみたいッス、ハイ」

水雲（もずく）

本書の担当であるN女史から、「すこし変わった写真を知人から借りたので、スキャンして送りますね」との文言とともに、一枚の画像ファイルが送信されてきた。

古ぼけた白黒写真である。

トタン屋根の大きな家が、画面の真ん中に写っている。庭の隅からでも撮影したものか、ピントの合っていない樹々の枝と思（おぼ）しき影が、写真の両脇を陣取っている。家屋の手前に広がる庭では、一羽の鶏（にわとり）が地面をついばんでいる。その横で、和装の女性が膝あたりまで伸びた長髪を垂らしたまま、レンズに向かって微笑んでいた。

いかにも田舎といった雰囲気の、のどかな風景である。

だが、N女史からわざわざ送られてきたということは普通の写真ではあるまい。なにか怪談めいた禍々しいモノが映りこんでいるに相違ない。

そう考えた私はパソコンモニタに目を凝らし、画像を隅々まで確かめた。不気味な顔が何処かに浮かんでいないか、女性の手足や欠損していないか、鶏の首はついているか……。お手上げだった。

画像を拡大し、プリントアウトしてまで探したものの、写真に妙な箇所は見つからない。まさか、この女性や鶏が撮影の際にはいなかったとでもいうのだろうか。

首を傾げていた最中、メールの新着を告げる音がパソコンから響いた。メールソフトを開いてみれば、今度もN女史からである。先ほどと同様、画像ファイルの添付を知らせるマークが点いている。

題名は「二枚目」とあった。

続きがあるのか。訝しみつつファイルを開く。

トタン屋根の家、画面の端に写りこんだ樹の枝。地面をほじくり返す鶏。着物の女性。先ほどとほとんど構図の変わらない写真である。

Nさん、間違えて同じものを送ったのか。あいかわらず、うっかり者だなあ。

苦笑しながらぼんやり二枚目の画像を眺めていた私は、思わず「あれっ」と声をあげた。

鶏の脇に立っている女性。その髪が、二枚目ではきれいに結わえられていた。いわゆる

《お団子》と称されるような、後頭部で丸く束ねる形状に髪をまとめあげている。

結んだ状態で撮影してから、髪をほどいて再び撮ったのか。それとも逆なのだろうか。

それにしても、なぜそんな面倒な真似を。

唯一の相違点を発見し、二枚をしげしげと比べる。

「え」

違和感があった。

長さが合わない。

二枚目の写真を見るかぎり、女性の髪はせいぜい肩から腰のあたりまでの長さである。

どう考えても地面につくかつかないか、などといった長さを有しているとは思えない。

では、この一枚目の髪はなんだ。

再度、はじめに送られてきた画像を確認する。

「なんだこれ」

髪ではなかった。

蔓状をした細長い無数の物体が、女性の身体を頭からばさりと覆っているのだ。髪ではない証拠に、蔓の先端は重力に逆らって、あちらこちらに畝（うね）っている。

まるで、鍋の湯に落とした水雲のようだ。

わけのわからなさに混乱していた矢先、携帯電話がけたたましく鳴った。画面を見れば、送り主のN女史の番号が表示されている。

慌てて通話ボタンを押す。と、こちらが口を開く前に、彼女の声が飛びこんできた。

「もしもし、Nです。写真……見ましたか」

「……なんですか、これ。どういう状況で撮影されたものなんですか」

「Eさんという知人のお祖母さんが昔、■■県の生家で撮ったものらしいんですよ。あ、撮影したのはお祖母さんの知りあいの男性らしいんですけど。お祖母さんの髪が……」

「気づきましたよ。これ……髪じゃないでしょ。いったいなにが写っているんですか」

「わからないんです。ただ……」

「ただ」

私は、N女史の言葉を鸚鵡返しで呟いた。彼女はそれきりなにも言わない。

十秒、二十秒。沈黙が長い。なにを躊躇しているのか。

「だから、なんですか」

苛立った私が急かしたのとほぼ同時に、N女史が喋りだした。

「撮影した人……この数日後に逮捕されたらしいんです。なんでも」

自分の奥さんを殺したんですって。


撮影者の男性が起こした殺人事件と二枚の写真の間には、なにか関係があるのか。

その答えを探して、私は調査を進めるつもりだった。

つもりだった、と曖昧な言い回しになっているのは、調査がおこなわれていないからだ。

この後に発生したとある出来事のために、私は未だ調査すべきか否か迷っているのである。

以下に記すのが、その「躊躇している理由」になる。

粘女

奇妙な写真が撮られた家。其処へ赴く前に、私は写真の現物を確認したいと考えていた。N女史の知人を疑うわけではないが、デジタル処理で如何様にも加工できる時代である。二枚の写真のいずれか（あるいはどちらも）が、画像修正ソフトで弄られている可能性は否定できないし、第三者が悪戯心で手を加えた写真を当人が鵜呑みにしていることだって有り得る。張り切って現地調査に赴いてみたものの、そもそも発端の写真が捏造でしたとあっては物笑いの種である。そんなわけで、私はまず写真をチェックしようと思ったのだ。

その旨をメールで連絡するや、N女史は「じゃあEさんに連絡して送ってもらいますね。殺人事件の詳細や、お祖母さんと撮影者の関係も訊いておきます」と、返事をくれた。

返信を眺めながら、私はひそかに小躍りしていた。もし許可をいただけたなら、本書にくだんの写真を載せようと目論んでいたのである。

他に類を見ないタイプの心霊写真である。掲載すれば、それなりに話題にはなるだろう。ひいてはそれが呼び水となって、全国各地から奇妙な写真が送られてくるかもしれない。そうすれば、また一冊刊行できるではないか。

要は捕らぬ狸（たぬき）のなんとやら、私はそろばんを弾いてほくそ笑んでいたわけだ。

もっとも、その皮算用は翌日に早くも崩れ去るのだが。

「もしもし」

N女史から陰鬱な声で電話がかかってきたのは、次の日の午後だった。

「あの写真の調査、ちょっと考え直しませんか」

昨日のメールとは打って変わって覇気（はき）がない。なにごとかと訝しみつつ理由を問うなり、彼女は「実は昨日、あのあとに……」と重い口調で説明をはじめた。

私とメールのやりとりを終えた数時間後、N女史は飼い犬を預けるために、都内某所のペットホテルへ赴いたのだという。

このホテルを経営するHさんは、これまでも何度かN女史関連の怪異譚に登場している。いわゆる「視える」体質の女性で、N女史は過去、部屋に出現する不気味な女性の存在を言いあてられた経験がある。

「ま、昨日はその手の話をしようとうかがったんじゃないんです。飼い犬のトリミングと来月の出張時に預かってもらう予約。純粋にお客さんとして行ったんです」

ところが、いつものように顔を合わせるなり、Hさんは表情を強張（こわば）らせて「Nさん……火事にでも遭いましたか」と小声で訊ねてきたのだそうだ。

「どういうこと、頭から火でも出てるの」

突然の言葉にぎょっとしつつも、N女史はわざと軽口を叩くような調子で訊ね返した。あまりシリアスに受け取りたくない、という気持ちが働いたらしい。

しかし、そんな軽妙な口調にもHさんはにこりともせず、「ああ、でも煙じゃないのか。だとしたらなんなのかな……生きてても死んでもいないいんだよなあ」などと呟いている。

「ちょっと、言うならハッキリ言ってよ。気になるじゃない」

痺れを切らしたN女史が、やや語気を強めて問う。Hさんは眉間（みけん）に皺を寄せてしばらく悩んでいたが、やがて大きく息を吸ってから口を開いた。

「Nさんの周囲に黒い靄のようなねっとりした塊が、ぶわぶわ踊っているんです。なんていうのかな……例えるなら、海藻と長髪を足して二で割ったような。あ、そうそう」

モズクみたいな感じです。

その言葉を聞いた瞬間、全身が一気に冷えた。

もちろんHさんには、奇妙な写真の話も出がけに交わしたメールのことも伝えていない。

「……わたしのまわりに、それがいるの」

抑揚の失せた声で質問するN女史を一瞥して、Hさんが首を振る。

「よく息ができるなって驚くくらいの量です。ずるずるとした動きに合わせて、粘っこい糸を引いているのが気持ち悪いですね。でも、生き物っぽくないんだよなあ。土地に棲むモノなのか、なにかの意思が形になったのか……こういうのも、神様って言うのかなあ」

とにかく、あまり良いモノではないですね。

最後の言葉に力をこめて、Hさんはそう告げた。


「……そんなわけで、今回の調査はちょっとまずいんじゃないかなと思ったんです、私。だって、まだ写真を見ただけでコレですよ。もし現地なんか行ったらどうなるか……」

ひととおり説明を終えたN女史が、弱々しい口調で追加取材の中止を促す。その言葉に相槌を打ちながらも、私は内心「この調査は決行したい」と気持ちを新たにしていた。

不気味な写真、殺人を犯した撮影者、その舞台となった家。そして、迫りくる謎の物体。怪談屋としてこれほど美味(おい)しい展開はないではないか。話者が拒んだのであればともかく、いまのところ被害(と言って良いのだろうか)は編集者のみである。N女史にはたいへん申し訳ないが、怪談本の担当になったのが運の尽きと諦めてもらうよりほかない。

「まあ、もうすこし様子を見ましょうよ。もし今後もなにか奇妙な出来事が起こるようであれば、そのときにまた考えるということで。まずは写真だけでもお願いします」

非情な私の台詞に、N女史は力なく「はい」と答えた。


だが。

前述したように、調査は結局中止を余儀なくされることとなった。

私との電話を切った直後、N女史は写真の持ち主であるEさんへ(渋々ながら)連絡をとろうとしたのだそうだ。

と、携帯電話に内蔵されたアドレス機能で電話番号を検索していたその最中、手にしていた電話が勢いよく震えだした。画面を見れば、今まさに電話しようとしていたEさんの番号が表示されている。

愕然としながら、通話ボタンを押した。

「あ、もしもし。Eです。実は……ちょっと色々あって。あの取材の話、なかったことにしてもらえないかな」

驚くN女史をよそにEさんは中止を求める理由を告げ、続けて「黒木さんにもきちんと事情を説明しておきたいから」と、私のメールアドレスを知りたい旨を告げたのだという。

はたして翌日、私のもとへEさんからメールが届いた。その中身を読むに至って、私はこれ以上の調査を断念したのである。

ただ、このまま話を終えてしまっては読者諸兄が不満を抱きかねない。そこで、次項にEさんから頂戴したメールの抜粋を、ご本人より了承を得て掲載する次第だ。固有名詞や個人情報に抵触する部分は意図的に省いてある旨を、あらかじめご承知おきいただきたい。

そして、これを以て奇妙な写真にまつわる話は、すべて終わりにしたいと思う。

藻霊

拝啓　黒木さま

はじめまして。Eと申します。

Nさんよりメールアドレスを教えていただきました。そうです、先日ご覧いただいた、心霊写真の持ち主です。

《心境を綴（つづ）っている箇所のため中略》

先日、土地の売却と墓参りを兼ねて、■■県にある祖母の生家を訪ねてきました。母も祖母もすでに鬼籍の人となり、土地を遊ばせておくのもどうかと思っての決断でした。

バスと電車を乗り継いで半日かかるため、到着した時には夕方近くになっていました。

宿は隣の駅前に予約していたのですが、暗くなる前に家の状況を確かめておこうと思い、私は生家に立ち寄ったのです。

雑草の茂る庭から首を伸ばして母屋を眺め、私は「おかしいな」と感じました。

部屋の窓から光が見えるのです。

電気はとっくの昔に止めておりましたし、三年ほど前に訪ねた折、念のためにとブレーカーも落としていたはずです。

鍵は私と伯父しか持っていないはずでした。その伯父もしばらく前に寝たきりになって、この家を訪ねる人間などいないのです。何者かが侵入でもしているのかと、私は、にわかに怖くなってしまいました。

しかし、入ろうかどうしようかと迷っている間にも、あたりはどんどん暗くなっていきます。あと三十分も経てばすっかり日は暮れてしまう。そんな時刻になっていました。

翌日は午後の早い時間に不動産屋さんと打ち合わせを終え、帰りのバスに乗らなければなりません。家をじっくり確認できるのは今日しかない。私は意を決して、玄関のドアを解錠すると、光の見えた茶の間を目指しました。

茶の間の真ん中に、女の人がいました。知らない女性でした。ゴボウみたいに痩せて、がさがさの黒い肌をした女の人でした。ああいう時って、人間は思考が止まるんですね。

逃げるとか叫ぶとか、いま思えばいろいろ考えつくのに、その瞬間は頭が真っ白になって、私はただ女の人を見つめていました。

女の人は上半身を、ゆうらゆうらといった具合に回転させながら（体操みたいでした）海藻みたいに揺れてました。おかしいのは、女の人の長髪が回転とはまったく別な方向にぐるぐる動いているんです。いま書いていて気がつきましたが、あの長髪のゆったりした動きが、なんとなく海藻を連想させたのかもしれません。

一分もなかったと思います。

ハッと思った時には、女の人の姿は消えていました。目を離した記憶はないのですが、本当に煙のようにいなくなっていたのです。

その瞬間、一気に怖くなって私は家を飛びだしました。こういう場合、怪談をお書きになる方なら、光の正体とか女の人の顔とか服とか観察するのでしょうけれど、私はとてもそのような余裕を持てませんでした。すみません。

翌日は不動産屋さんに行きましたが、女の人の話はしませんでした。正直に申しあげて、もし要らないことを話して売り値が下がっては困ると考えたのです。もっとも、こちらが期待していたよりも、土地の値段ははるかに安いものでした。もっとも、処分できただけ良かったのかもしれません。

　そんなわけで、あの写真に関する調査はできなくなってしまったのです。相談しておきながら、お伝えせずに独断で処分してしまい申し訳なく思っています。

　ただ、私も忘れたいのです。

　あの写真は、何十年も我が家にありました。母が祖母から貰ったのか、なにかに紛(まぎ)れて残っていたのか、祖母も母も亡くなった今となっては知りようもありません。けれども、私は納得がいかないのです。なぜ何十年も家にあったのに、私は今頃になってあの二枚の写真がおかしいと気づいたのでしょうか。母も祖母も気づかなかったのでしょうか。

　私は、なにかの知らせのように思えて恐ろしくなったのです。あの写真も、その舞台となった祖母の家も、手放したくて堪(たま)らなくなったのです。

（女の人、とわざわざ丁寧に書いているのも、まんがいち乱暴な書き方をしてしまうと、あの人が来そうな気がするからです）

　そのようなこちらの気持ちを汲んでいただけましたら、有り難く思います。

《結びの挨拶のため、中略》

追伸

あの土地ですが、不動産屋さんによれば分譲マンションが建つそうです。

二年後か三年後か分かりませんが、気味の悪い写真が撮られ、あの女の人が揺れていた場所にたくさんの人が住むのかと思うと、ぞっとします。改めて、あそこにはもう近づきたくないと思います。

黒木さんも、一日も早く忘れてください。

墓女

かつて取材の際はメモ帳とＩＣレコーダーを併用していた。筆記が追いつかない細部を補うためだが、「話者以外の、其処にいない〝誰か〟の声が録れていたら」といった、淡い期待を抱いての措置でもある。

幸か不幸か、話者以外の声はいっこうに収録されず、メモの勘所を摑んだこともあってＩＣレコーダーが登場する機会は次第に減っていった。機材を目にすると話者が身構えてしまう事実も判明したため、現在ではほとんど使用していない。

もっとも鞄にはいつも入れているので、一年に何度かその存在を思いだしては気まぐれに使う。そして、そんなときに限ってメモの書き起こしでは伝えきれない、不可思議な話に遭遇する。人ならざるなにかに促されている気がしないでもないが、真相は解らない。

以下に記すのも、そんな定型からやや外れた体験談である。やけに歪(いびつ)な据わりの悪さを読者諸兄にも味わっていただきたく、まずは録音内容を再現する形で記したいと思う。

Fさんという、地方都市にお住まいの女性からうかがった話である。

【音声データ再生後、数秒ほど無音。突如、テープを早回ししたような音が響き、続いて彼女の声が唐突にはじまる】

——そのころね、夫が群馬に単身赴任していたんです。なので家には私と長男のふたりで暮らしていました。私の実家はすぐ近所だったので、母親はよく顔を出していましたけど、それでも夜は寂しかったです。寝室は十畳くらいある和室で、ガランとしていて。

【アパートでその間取りは広いですね、と言った私へ】

あ、いえいえ。アパートじゃなくて一軒家です。母親が知りあいから紹介されたとかで。古い平屋でしたけど家賃が本当に安くって。田舎ですからね。それに、夫が帰ってきたらどこか土地を買って新居を建てるかって話があがっていたので、それまでの繋ぎみたいなつもりで住んでいたんですよ。まあ、広いのは良かったんですけれども……その家、妙に湿っぽいんです。庭の所為(せい)だと思うんですけどね。ええ、ちっちゃな庭があったんです。土から水気の抜けない庭でね、虫がたくさん湧くんです。雨のあとなんて特にひどくて、たくさんの真っ黒い――

【ここで再び無音。数秒後、また唐突に話が再開される】

――を見終わった記憶があるから、午後十一時くらいだったと思いますよ。私は寝室へと向かったんです。隣にはチビ（長男のことと思われる）が、子供用の布団で寝ていました。飛びだした足に布団をかけ直してやってから、私も自分の布団へと潜りこんで……眠気が襲ってくる、ちょっと前だったかな……《それ》が来たんです。

なんて表現したら良いかな……そうだそうだ、思いだした。最初は「あれ、浴室の扉を開けっ放しにしてきたかな」と思ったんです、私。寝室の空気が、じっとりと濡れているように感じたんです。でも、お風呂から寝室まではわりと距離があるし、襖も閉めたはずなんですよね。それで「なんだろう、厭な雰囲気だな」って。

【このあたりで、救急車とおぼしきサイレンが聞こえはじめる。音は次第に大きくなり、取材場所の喫茶店に面した県道前を救急車が通過する】

怖かったけど、気になると人間って無視できないでしょ。それで私ね、真っ暗な部屋をじいっと見ていたんです。ウチの地元ってミミトリ×××（サイレンで明瞭り聞き取れず）とか、おっかない伝説が多いところで。そんな、思いださなくても良いことばかりを思いだしながら、暗闇に目を凝らしていました。そしたら。

なにかいるんですよ。いっぱい。

寝室のあちこちに黒いかたまりがあるんです。大きさは……小学生の背丈くらいかな。部屋は真っ暗なんですが、その部屋より黒いんです。もっと深い黒が浮いているんです。「あっ、これは絶対にお化けだ、怖い」なんて思って、身体を硬くしていたんですけどね。一分経っても二分経っても……その黒い群れ、動く気配がないんです。

そうなると、こっちもますます気になっちゃって。正体を確かめようと思ったんです。ええ、あいかわらず怖かったですけど、チビが隣に寝てたから。この子になにかあってはいけないって気持ちのほうが強くなっちゃって。それで、じいっと観察してたんですよ。そうしているうちに、黒いかたまりの表面に文字を見つけたんです。漢字が縦にいくつも書かれていて。それに気づいた瞬間、「あっ」って声をあげちゃいました。

「これ、お墓じゃない」って。

ええ、部屋中にどすんどすんと立っていたの、ぜんぶ墓石なんですよ。

触ってみようかどうしようか、布団のなかでずいぶん悩みました。もし手を伸ばしても触れなかったらおっかないでしょ、まあ触れたとしても、それはそれで困るんですけどね。

どうしようか、布団のなかでしばらく考えました。

で、結局寝ちゃったんです、私。あははは。

自分に「これは夢なんだ、私は夢を見ているんだ」と言い聞かせて、目を瞑ったんです。ほら、なんとか睡眠ってヤツあるじゃないですか。半分起きてて半分寝ている、みたいなアレに違いないと思ったんです。だから、勢いに任せて寝たんです。

朝、目が覚めると墓石はきれいに消えていました。

墓が立っていたあたりの畳を確かめましたが、痕跡すらないんですよ。「ああ、やっぱり夢だったんだ」なんてホッとして、それきり忘れていたんです。

その日の夜中に、また墓石が出現するまでは。

【音声ファイル三度目の無音。ポケットの中で誤って起動したような、ゴソッ、ゴソッとなにかが擦れる音が続く。遠くで人の歌声。その後、やはり唐突に会話が再開】

——連続して、三日ですよ三日。さすがに夢じゃないよなと思いますよね。あいかわらず触る気にはなれなくて。布団のなかでどうしようかなと困っていたんです。害はないけど、なんだか墓場で寝ているみたいで、厭でしょ。空気もあいかわらず湿っぽくなるしね。

それで、その夜も「これはお祓いでもしたほうが良いのかもなあ」なんて思いながら、やっぱり寝ちゃったんです。あはは、ちょっと慣れたんですかね。

そしてら次の日の朝ね、チビがうんうん唸っているんです。で、額に手をあててみたら熱がすごいの。慌てて職場にお休みの電話を入れて、病院。チビを助手席に乗せて、車で総合さん（総合病院のことと思われる）に向かったんですけど、その間にもチビは吐くわ痙攣しはじめるわでね。ああいうときは救急車を使うべきなんでしょうねえ。

で、病院についてすぐ診察してもらったら、熱が三十九度。その場で入院決定ですよ。インフルでも麻疹でもなくって、お医者さんも「風にしては症状がおかしいですね」って。結局チビは二泊入院することになったんです。（この後、十秒ほど沈黙）

でもね、でもねでもね（突然明るい声で）熱が下がって帰宅してみたらお墓がピタッとあらわれなくなったんですよッ。あはははは、あの子が全部被ってくれたおかげですよ。それからはもう、ぐっすり眠れるようになったんです。あははは。

【墓の出現した原因に心あたりはありますか、と問うた私に】

ありますあります。ウチの母ね、十五年くらい前に×××（西日本の観光地、詳細は伏す）へ旅行に行ったんですけど。そのとき、たまたま神社の前を通りかかったら、急に「お参りする」って言いだして。別に有名でもなんでもない、ごく普通の神社なんですよ。「なんで」って私が何度聞いても「お参りしなきゃ駄目よ」の一点張りで。たぶん、あの神社に立ち寄ったから、お墓が出てきたんですよ。きっとそうですそうです。

【話を終えるや鼻歌を口ずさむFさん、困惑したのち、私が「お墓と神社は関係ない気がするんですが。しかも、神社に行ったのは十何年も前の話なんですよね」と訊ねる】

あ、でもねッ、娘の自殺は未遂だったみたいですよ、正確にはそのあと精神がおかしくなっちゃって、入院してるんですって。凄いよねえ。ガソリン飲んでも人って生きていられるんですねえ。バッカみたい。あぁあ、バッカみたいぃぃぃ。（抑揚をつけて歌いだす）

【娘とは誰か、いったい何の話をしているか問う私に】

――娘ってなんですか……私、いまなにを喋ってましたか。母の名前は言ってませんよね。私、母の名前はあなたに教えてませんよね。ね。

【戸惑いながら、うかがっていない旨を告げる】

ああ、良かった。（コートを摑んで）すいません、私もう行かなくちゃ。

【娘さんというのは……と、再度質問した私へ】

もういいッ。土ばっかりで厭になるッ。（バンッと激しい音。ハンドバッグの金具がICレコーダーかテーブルにぶつかったものと思われる）ねえ、書くんでしょ、この話は書くんでしょ。お願いしますよ。書かないとまた来るんですから。ねえ、書いてくださいね。

【動揺しつつ頷く私。遠くでサイレン。喫茶店の店員が、空になった珈琲カップを下げにくる。その店員に向かってFさんが叫ぶ】

大切なのは墓じゃないッ。私はもっと重要な話をしてるんだッ。

【衣擦れの音がして音声ファイル終了。怯(ひる)んだ店員さんの態度を見て、私が停止ボタンを押したように記憶している。録音が止まる直前、マイク部分を強く吹いたような風の音が聞こえるも、そのような行為におよんだ憶えはない】


数日後、私はFさんを紹介してくれた知人男性へ連絡をとった。

私のなかに湧きあがった疑惑――彼女は心がまいっている……端的に言えば「常軌を逸した精神状態」なのではないか――その真偽を解明するためである。

取材終盤のFさんの反応は、あきらかにまともではなかった。もしや墓が寝室に出たという体験も、その原因である神社云々という話も、娘がどうしたという話題も母の名前がどうだという質問も、すべてはFさんの不安定な精神がもたらした妄想なのではないか、すべては彼女の脳内でのみ起こっている出来事なのではないのか。

そんな疑念を抱いてしまったのだ。

もしそうであるならば、私はこの話を書くまいと考えていた。

なにも善人ぶっているわけではない。もとより人の生き死ににまつわる話を書いて口に糊(のり)している不遜な輩(やから)である。話者の個人情報にこそ配慮はするものの、モラルに逡巡(しゅんじゅん)して筆を止めることなど有り得ない。私はそのような清廉潔白なる人間ではないし、そもそも聖人君子を気取るつもりならば、もとより怪談など書きはしないだろう。

私がこの話の執筆を躊躇(ちゅうちょ)したのは、そのような理由ではない。

単純に食指が動かなかったのだ。

怪談は、日常の裂け目から非日常が顔を覗かせるその瞬間にこそ、怖さのツボがあると考えている。いつもどおりだと思っていた風景が歪み、平凡な生活がいつのまにか不穏な空気に包まれている……その恐怖こそが怪談のもつ魅力だと思っている。

そのような前提に立って考えるならば、「精神を蝕(むしば)まれた者が怪異を語る」怖さは、私が求める怖さとはやや趣きが異なるのだ。怪異そのものよりも「ごく普通の顔をして体験を口にしている話者が普通ではない」という事実に、怖さの軸が移ってしまうのだ。

それを認めてしまうと、「なんでもあり」になってしまう気がして怖い。怪異の信憑性や体験の面白さが蔑ろにされてしまう不安が拭えない。

　そもそも正常な人間が遭遇した怪奇現象と、精神を蝕まれている人間の目撃した幻覚の境界はきわめて曖昧である。なにを以て正常と異常を分けるのか、素人である私が容易に線引きできるものではない。その疑問を突き詰めていくと、怪談すべてを肯定するか否定するかの二者択一に迫られてしまう気がしてならないのだ。だからこそ、私は「その手のにおい」がする話はなるべく避けたいのだ。

　むろん、これは私の書き手としての力量不足、文章技術の拙さによるところが大きい。そういった話を巧みに書く同業者も存在する。話者の尋常ならざるさまとともに怪異譚としての怖さをきっちりと引きだし、読者を戦慄せしめる話に仕立てあげている怪談作家もいる。しかし、私は怖い。自分にそれができるものか、どうにも自信がもてない。

　そんなわけで、私はいま一度確認したかったのである。

「彼女は、狂っているのではないか」と。


　ところが。

　電話に出た知人はあっさりと「いや、彼女はいたって普通の人物だよ」と返答した。

「ここ半年ほどは彼女と顔を合わせていないから断言はできないが……きみが言うような、おかしな言動や常識はずれな行動にはまるで憶えがないなあ。第一、そんな人間だったらきみに紹介なんかしないぜ」

そうなのか。

知人の言葉を受話器越しに聞きながら、私は湧きあがる安堵と不安に混乱した。

もしかして、私の取材の方法にこそ問題があったのだろうか。彼女は誠心誠意、誠実に話してくれていたのに、私の聞く態度があまりに不遜で激昂したのだろうか。それなのに私は力不足を棚にあげて、話者に原因を押しつけていたのだろうか。

「……ありがとう。いや、念のため確かめたかっただけなんだ。どうか気にしないでくれ。Fさんにもよろしく伝えてほしい」

己の不甲斐なさにうなだれながら、私は知人に非礼を詫びた。と、電話を切ろうとした直前、知人の声が受話器越しに再び届いたのである。

「……彼女、きみに〝夫は単身赴任だ〟と言ったのかい」

突然の発言に動揺しつつ「そうだけど……」と告げる。

しばらく沈黙したあと、知人がおもむろに口を開いた。

「なにかの聞き間違いじゃないのかい。だって彼女の旦那さん、数年前に檀家寺の墓所で」

自殺してるんだよ。

当のFさんからは、いまでも一ヶ月に一度の割合でメールが来る。もう二年になる。

「私の話は、いつごろ載りますか。母も主人も息子も楽しみにしています」

季節の挨拶に続いて、メールにはそんな一文が必ず添えられている。

私は訊きたい衝動を堪えている。あなたは本当に墓石を見たのか。ご主人は亡くなったのではないのか。メールに書かれたお母様は、そして息子さんは本当に存在するのか。

果たしてなにが真実なのか。そもそも、これは怪談なのか。私の胸に湧きあがる恐怖は、怪異現象に対してなのか、それとも彼女に対してなのか。

怪談とは、いったいなんなのか。

答えがなにひとつ見つからないまま、私はいま、この原稿を書いている。

FKB ふたり怪談 伍

2015年2月5日　初版第1刷発行

著者	黒木あるじ、黒史郎
デザイン	橋元浩明(sowhat.Inc.)
企画・編集	中西如(Studio DARA)
発行人	後藤明信
発行所	株式会社 竹書房 〒102-0072 東京都千代田区飯田橋2-7-3 電話03(3264)1576(代表) 電話03(3234)6208(編集) http://www.takeshobo.co.jp 振替00170-2-179210
印刷所	図書印刷株式会社

定価はカバーに表示しています。
落丁・乱丁本は当社にてお取り替えいたします。

ISBN978-4-8019-0151-3 C0176